Sébastien Japrisot

Visages de l'amour et de la haine

Denoël

Sébastien Japrisot, né à Marseille, a fait ses études chez les Jésuites, puis en Sorbonne. A dix-sept ans, il publie sous son vrai nom (Jean-Baptiste Rossi) un roman, *Les mal partis,* qui obtient en 1966 le prix de l'Unanimité (décerné par un jury qui comprend Jean-Paul Sartre, Aragon, Elsa Triolet, Arthur Adamov, Jean-Louis Bory, Robert Merle). Il traduit, à vingt ans, *L'attrape-cœur* de Salinger, et plus tard les *Nouvelles.* Après une expérience de concepteur et de chef de publicité dans deux grandes agences parisiennes, il publie coup sur coup *Compartiment tueurs* et *Piège pour Cendrillon* (Grand Prix de littérature policière), qui rencontrent d'emblée la faveur de la critique et du public. Succès que viendra confirmer *La dame dans l'auto avec des lunettes et un fusil* (Prix d'honneur en France, Best Crime Novel en Grande-Bretagne). Après une période où il écrit directement pour le cinéma (*Adieu l'ami, Le passager de la pluie, La course du lièvre à travers les champs*), il revient à la littérature avec *L'été meurtrier* (prix des Deux-Magots, 1978). La plupart de ses livres ont été portés à l'écran. Traduit dans de nombreux pays (Europe, Amérique, Japon, U.R.S.S., pays de l'Est), il est considéré comme l'un des écrivains français les plus lus à l'étranger.

Visages de l'amour et de la haine fut écrit lorsque Sébastien Japrisot publiait encore sous le nom de Jean-Baptiste Rossi.

Ce récit est dédié
amicalement
aux habitants de Hull
Québec (Canada).

Le soir, lorsqu'il rentrait de ses promenades sur le port, sa mère l'attendait, immobile et muette sur les escaliers de pierre, et elle ne parlait pas jusqu'à la fin du dîner.

Il n'était nul besoin de parler, d'ailleurs. Elle savait. La nuit, lorsqu'il s'endormait dans un fauteuil, une pipe toujours éteinte entre ses doigts, elle épiait son visage de sommeil. Elle retrouvait alors, sur ses traits, une expression de son enfance :

— Oh! regarde, regarde!

Comme il criait, autrefois, cris d'étonnement et de joie, lorsqu'il sautait sur les rochers des Cornouailles...

— Oh! ce sont les îles, les îles, disait-il

alors. C'est Colombo, c'est Singapour!
Maman, c'est Singapour!

A présent elle n'osait plus le regarder en
face de peur de lire dans ses yeux un
reproche désespéré. Mais il ne disait rien
non plus. Depuis longtemps il avait cessé
d'y croire.

– Tu iras, mon chéri, nous irons ensemble, avait-elle promis autrefois.

Mais tant d'années s'étaient écoulées
depuis, au rythme déprimant de sa toux,
dans l'âcre odeur de ses médicaments et des
cabinets obscurs de médecin, qu'il ne serait
plus jamais temps de prendre un navire et
d'aller là-bas.

– Tu iras, mon chéri...
– A Colombo, à Singapour?
– Où tu voudras.
– Là où il y a du corail?
– Où tu voudras, mon chéri. Mais lors-
que tu seras mieux.

Il n'avait jamais été mieux.

Un dialogue tant de fois répété qu'elle
pouvait le voir, inscrit mot à mot, le long
des rides de son visage de sommeil. Les
yeux clos, il devait apercevoir les îles, les

horizons et les récifs qui n'habiteraient plus que son cœur. Il devait savourer, dans un domaine à lui, un inimaginable chaos d'escales et de pays, si loin, là-bas. Il pouvait enfin reprendre pour quelques heures le long voyage qu'il ne cessait jamais d'accomplir, en silence.

Et seul.

Elle s'était résignée à cette solitude. Il n'irait pas chercher hors d'elle ce que personne ne pouvait plus lui donner. Il avait même cessé de lire. Et peut-être avait-il oublié les pages opiacées de cet « abominable » Conrad, le pire ennemi qu'elle eût jamais eu. Elle le gardait, et il n'essayait pas de s'enfuir. Quelquefois, une quinte de toux le pliait en deux. Lorsqu'il levait à nouveau les yeux, la mort était dans son regard. Il ne s'enfuirait pas, il ne le pouvait plus.

– Oh! regarde, regarde!

L'enfant était devenu ce jeune homme vieilli, au milieu de docteurs impuissants. Depuis leur arrivée à Monte-Carlo, le seul déplacement qu'ils se fussent permis depuis des années, il reprenait un peu de son ancienne vitalité. Il sortait, le soir, avant le repas. En rentrant elle savait ce qu'il avait vu, senti et touché du doigt, aussi bien que si elle l'avait accompagné. Il ne le disait pas. Mais son visage gardait encore le parfum de la mer, l'éblouissante clarté des voiles blanches dans le port, l'empreinte d'un espoir retrouvé, d'une intolérable souffrance.

Lui, lorsqu'il allait s'asseoir dans son fauteuil, après le dîner, il savait que sa mère devenait toute proche, et souvent il affectait de dormir pour pouvoir l'observer entre ses paupières mi-closes. Il lui trouvait alors une expression répugnante : honte et satisfaction. Mais elle ignorait à quel point il pouvait mentir et simuler aussi facilement qu'il simulait le sommeil. Elle croyait le tenir, elle portait sa mort, à lui, sur le visage, comme un masque. Elle se persuadait qu'il ne s'échapperait que pour un seul voyage, qu'il demeurerait jusque-là tel qu'il était, fermé et enfermé, chaque jour plus loin d'elle et toujours sa chose, dans une lente agonie.

— Paul, couvre-toi pour sortir.

– Je suis couvert.

– Tu n'es pas bien aujourd'hui.

Il enfilait un chandail, il mettait un foulard. Il devait lui obéir, lui laisser croire en son entière dépendance. Puis, un jour viendrait. Il était jeune encore et rien n'était perdu. Il connaissait une issue et si elle n'y avait pas songé c'est qu'elle était trop sûre d'elle, trop sûre de lui.

L'occasion se présenterait. Il sortait peu et ne connaissait pas grand monde, mais il se ferait des amis, au moins ceux qui venaient à la villa. Il suffisait d'attendre, d'attendre comme il avait attendu.

A la tombée du jour, il allait s'asseoir sur un parapet au-dessus du port et il regardait s'étendre l'ombre autour des voiles blanches, dans la rade. Quelquefois, un yacht prenait le large et il le suivait longtemps des yeux. Où allait-il? Qui était à son bord? Soudain il perdait le petit point obscur sur la mer. Il se sentait comme projeté dans le vide après avoir été lui-même embarqué.

Longtemps, il restait là, sans pouvoir écarter un vieil espoir auquel il ne croyait plus parce que trop de voiles s'en étaient allées. Colombo, Singapour et les îles, il revenait chez lui par des rues silencieuses, plus sombre et plus vide à chaque retour. En arrivant dans la ville haute, il n'osait plus tourner la tête.

Il aurait pu apercevoir encore le port et le phare, et la mer, c'était sûr. Mais il n'aurait pas vraiment vu les navires. Un à un, les navires étaient partis. Tous les navires.

La première fois que Paul rencontra la jeune femme, c'était en septembre, la deuxième année qu'il habitait Monte-Carlo avec sa mère. Elle vint par un après-midi ensoleillé. Paul était à une fenêtre de sa chambre lorsqu'elle sonna. Elle était grande et plutôt godiche. Son chapeau, une affreuse petite toque de velours vert aux plumes défraîchies, avait glissé sur son front mais elle ne se souciait pas de le remettre en place.

On vint ouvrir et elle entra. Paul entendit la voix de sa mère dans le vestibule, puis le silence se fit. Il descendit au salon.

Lady Folley recevait du monde, ce jour-là. On le présenta à un vieux monsieur à barbiche, puis à la jeune femme, dont le chapeau glissa davantage lorsqu'elle inclina la tête. Elle se tenait droite et raide au bord d'un canapé, les genoux serrés et les pieds bien à plat sur le tapis. Il ne retint que son prénom, Simone. Il garda sa main un instant dans la sienne. Sa main était humide et chaude. Ensuite, il alla s'asseoir près d'une amie de sa mère.

Durant cette visite, la jeune femme ne dit pas grand-chose. Le vieux monsieur à barbiche ne lui laissait pas placer un mot. Une seule fois Paul entendit distinctement sa voix. C'était une voix un peu sourde, un peu voilée, semblable en cela à la sienne, mais qui coulait sans effort, avec élégance. Il eut tout le temps d'observer son visage. Elle écoutait poliment le vieux monsieur, une tasse vide dans les mains qu'elle ne savait où poser et, de temps en temps, elle hochait la tête en baissant les paupières. Peu à peu, Paul s'habituait à un front trop large, un nez trop court et sans grâce, une bouche trop épaisse. De profil, il leur trouvait même une certaine fraîcheur. Lorsqu'elle partit, il la raccompagna jusqu'à la grille du jardin.

— J'espère que nous nous reverrons, dit-il en français.

Elle était à peine moins haute que lui. Elle avait les yeux gris ou bleus.

— Je l'espère aussi. Je suis ravie d'avoir fait la connaissance de votre mère.

Elle attendait qu'il l'ait saluée pour partir, mais il n'était pas pressé de le faire.

— Le vieux monsieur vous a ennuyée, dit-il.

— Pas du tout. Il me parlait d'un séjour qu'il a fait en Chine. Vous connaissez la Chine?

— Non, dit Paul, mais j'aimerais bien. J'aimerais tout connaître.

Elle hésitait à enfiler ses gants.

— Peut-être à bientôt, dit-elle en levant les yeux.

— Vous habitez Monte-Carlo?

— Oui.

— Nous nous reverrons certainement.

Il regarda vers la maison, passant instinctivement une main dans ses cheveux. Toujours cette sensation puérile et détestée d'être en faute.

– Vous êtes ici depuis longtemps? dit-il.

– J'y suis née.

Elle sourit, lui tendit la main. Il faisait chaud et le soleil découpait des ombres dures dans le jardin. Le fard de la jeune femme avait fondu. Il n'osait plus la regarder en face, de peur qu'elle vît combien elle était laide. Il prit sa main et la serra.

– A bientôt, répéta-t-il.

Il la regarda s'éloigner dans l'avenue déserte. Elle marchait très droite, une plume rouge de son chapeau levée vers le ciel et, un instant, elle se retourna pour lui sourire.

– Je m'appelle Paul, dit-il.

Mais elle n'entendit pas.

Il resta dans le salon après le départ des invités. Les tables basses étaient couvertes de tasses et de miettes de biscuits. Lorsque Etienne, le domestique, les eut débarrassées, Paul se rapprocha de Lady Folley, mit une main sur sa nuque.

— Qu'y a-t-il? dit-elle, surprise.

— Rien, dit Paul. Tu es fatiguée?

Elle posa les mains à plat sur les bras de son fauteuil.

— Migraine, dit-elle. Madame Jourdan n'a fait que jacasser la bouche pleine, cet après-midi.

— Qui est Madame Jourdan?

— La dame qui a mangé tous les petits fours.

— Je n'ai pas remarqué, dit Paul.

Il se pencha sur elle et l'embrassa sur la joue.

— Tu es gentil, dit Lady Folley. Cela devient si rare à présent.

— Je ne suis plus un gamin, tu sais.

— Oh! oh! tu n'as pas trente ans. Avant trente ans, on est toujours un gamin, mon chéri.

Elle passa un bras autour de sa taille.

— Et toi, tu seras toujours mon gamin, dit-elle.

Ils restèrent ainsi un instant, puis il s'écarta.

— Qui est le vieux monsieur? dit-il.

— Un ami de ton pauvre père.

– Il l'a bien connu?

– Je crois.

– Quel pot de colle, dit Paul. Il n'a pas cessé d'accaparer cette fille.

– Tu aurais voulu l'accaparer, toi?

– Oh! maman! dit-il. Est-ce que tu l'as regardée? On ne peut pas être plus moche.

Un index frétillant au-dessus du front, il singea l'emplumée. Sa mère rit avec lui d'une manière forcée. Mais il savait qu'elle était rassurée à présent.

– Elle s'appelle Simone, n'est-ce pas?

– Simone Perinet. Elle aussi a connu ton père. Mais elle devait être bien petite alors.

– Avec un de ces appareils pour redresser les dents, dit Paul.

Le soleil éclairait le visage de sa mère et il alla tirer le rideau d'une fenêtre.

– C'est mieux? dit-il.

– Oui, beaucoup mieux.

Elle ferma les yeux avec un petit soupir d'aise. Elle était béate quand il avait quelque attention pour elle. Il prit sa pipe sur la cheminée et monta dans sa chambre. Dans l'escalier, il croisa Etienne qui revenait de l'étage.

– Est-ce que vous avez du tabac? demanda-t-il à voix basse.

– Vous savez qu'il ne faut pas que vous fumiez, dit Etienne en balançant la tête.

Il était large de poitrine et chauve. Lorsqu'il balançait la tête, ses oreilles d'ancien boxeur semblaient se décoller davantage et des veines saillaient sur ses tempes.

– Allons, dit Paul. Je n'ai pas fumé depuis si longtemps.

– Soyez raisonnable, dit Etienne. Madame serait bien capable de me ficher dehors.

– Donnez, je vous en prie.

Etienne prit un petit paquet dans sa poche fait d'un papier gris et entouré d'un élastique. Il le donna à Paul.

– Ne fumez pas tout, dit-il, en tournant les yeux vers la porte du salon. Et pas un mot à personne, surtout.

– Vous êtes un prince, dit Paul. Vous êtes très gentil.

– C'est Monsieur qui n'est pas gentil. Si Monsieur était malade?

Paul monta quelques marches sans répondre. En se tournant il vit Etienne à la même place, son grand corps appuyé à la rampe.

– Je suis déjà malade, dit Paul.

Il se mit à rire.

– Je suis déjà mort, dit-il.

Etienne balança la tête une fois encore et descendit. Lui entra dans sa chambre et resta immobile après avoir refermé la porte.

Il était certainement déjà mort. C'était une chose faite, entendue une fois pour toutes. Et sans doute l'avait-elle voulu ainsi. Mais il restait peut-être encore une heure, une seconde, la durée d'un instant et d'une vie. Ensuite elle pourrait parler de lui, comme elle parlait de son « pauvre père », en disant : « Je crois. » Jamais sûre de rien et toujours sûre de tout, c'était sa force. C'est ainsi qu'elle l'avait condamné, lui, toussant et mâchant des pipes éteintes jusqu'à en casser le tuyau.

Il s'étendit sur son lit et ouvrit le paquet de tabac. Après, elle renverrait Etienne. Elle l'accuserait à son tour. Mais jusque-là, sans doute, elle ne dirait rien, elle garderait jusqu'au bout son implacable incertitude.

– Je crois que nous pourrions aller vivre en France, Paul. A Monte-Carlo, par exemple. Cela te changerait et l'air est bon.

– L'air de la mer? L'air de la mer n'est pas bon pour moi, tu le sais bien. Tous les médecins l'ont dit.

– Qu'est-ce qu'ils en savent? Je crois que cela te ferait du bien. D'ailleurs, tu t'ennuierais à la montagne...

Elle laissait agir son mal. Plus tard, elle dirait : « Il aimait tellement la mer. » Et elle se renfermerait dans le silence effrayant de sa vie, elle continuerait de remuer les mêmes cendres, heureuse d'avoir tout gardé, jusqu'au souvenir.

En fumant, il se souvint de la jeune fille et il se mit à rire doucement. Dieu, qu'elle pouvait être mal fagotée! Mais cela même le servait. Sa mère ne se douterait de rien avant l'heure. La nouvelle éclaterait dans ses entrailles comme une bombe. Il continua de rire en lui-même, solitaire et triste, riant et riant, allongé sur son lit, dans sa chambre, un soir d'été, attentif à sa respiration, une main sur sa poitrine, contre son cœur.

Et plus tard, après avoir beaucoup fumé, fenêtre ouverte et verrou tiré, se laissant engloutir par la pénombre, il n'eut pas envie de sortir. Il n'eut pas envie d'aller voir le port.

Il revit la jeune fille un soir de la semaine suivante, au retour de sa promenade.

La nuit tombait. Il s'était arrêté devant la vitrine d'une agence de voyages et, passant derrière lui, Simone se refléta sur la glace. Il dut l'observer quelques secondes pour s'assurer que c'était elle. Mais elle portait le même tailleur gris-fatigue que la semaine précédente et il aurait reconnu son affreux petit chapeau entre mille. Il la rejoignit en quelques pas.

Elle n'eut pas l'air surprise.

– Comment allez-vous? dit-elle.

– Je rentrais chez moi. Je ne pensais pas vous rencontrer.

– Je travaille tout près d'ici.

— Formidable, dit Paul.

Ils se mirent à marcher lentement dans la même direction. Il faisait sombre et frais. Après un long silence, elle tourna la tête vers lui.

— Vous avez revu vos amis? demanda-t-elle.

— Non, personne. D'ailleurs, je n'ai pas d'ami. Ma mère ne reçoit qu'une fois par mois et seulement les relations de mon père.

Au coin de la rue, les voitures les obligèrent à s'arrêter au bord du trottoir.

— Vous allez par là? dit Simone.

— Je vous raccompagne, dit-il. Cela me fait du bien de marcher un peu.

— Je vous remercie, dit-elle.

Puis, avec un sourire hésitant :

— Vous parlez très bien français. Où avez-vous appris?

— Je n'ai pas appris. Ma mère est française.

Elle hocha la tête, cherchant visiblement autre chose à dire.

— Vous revenez du port?

Il lui prit le bras pour traverser la rue.

Elle ne le retira pas quand ils furent sur l'autre trottoir.

– Je vais presque tous les soirs sur le port, dit-il. J'aime voir la mer et les bateaux.

Après quelques pas, il ajouta :

– Je crois que c'est tout ce que j'aime.

Il haussa les épaules pour se moquer de lui-même, mais il fut heureux de voir qu'elle ne souriait pas.

Les passants étaient plus nombreux dans la rue qu'ils prirent ensuite. Il faisait nuit et les vitrines étaient illuminées. Ils marchaient en silence, sans se regarder. Il s'habituait peu à peu à ce silence. Il ne lui trouvait rien d'embarrassant ou de vide. Au contraire. Si elle se taisait, ce n'était que pour mieux lui montrer l'importance qu'elle donnait à ses dernières paroles.

Elle s'arrêta devant un immeuble du début du siècle, aux balcons ronds. Elle expliqua qu'elle avait deux pièces au second étage.

– Nous nous retrouverons sans doute, comme ce soir, dit-il. Si vous empruntez toujours le même chemin, nous nous reverrons certainement.

Elle appuya sur le bouton de l'entrée.

– Alors, à bientôt, dit-elle.

Elle lui tendit la main, mais ce n'était plus celle qu'il avait serrée une semaine auparavant.

– Je m'appelle Paul, dit-il.

– Je sais.

Elle poussa la porte d'entrée et lui sourit, son chapeau sur le front.

– Au revoir, dit-il.

Elle inclina la tête, la plume verte bougea, et il s'en alla.

– Paul, appela-t-elle.

– Oui?

Il était immobile au milieu du trottoir et un homme passa entre eux. Lorsque l'homme fut loin, le visage de Simone était redevenu tel qu'il l'avait vu chez sa mère, lorsqu'elle était assise dans le salon.

– Je n'ai même pas de bateaux à aimer, dit-elle.

Et elle entra dans l'immeuble.

Ensuite, ils se rencontrèrent chaque soir. Il l'attendait à la même heure, devant la même vitrine où elle lui était apparue, et il la raccompagnait chez elle. Elle était employée dans une agence de change. Mais elle parlait peu d'elle-même et sur les longs trottoirs blancs de septembre, ils marchèrent en silence, empruntant quelquefois un chemin qui allongeait leur rencontre.

Lorsqu'il revenait à la villa, il faisait nuit. Lady Folley, immobile sur les escaliers du perron, ne retrouvait plus dans le visage de son fils cette mélancolie qui la rassurait. Il y avait quelque chose de changé en lui et elle lui en fit la remarque.

— Je n'ai pas changé, dit Paul. Il fait plus frais, l'automne vient vite. C'est la chaleur qui m'accablait.

Les jours suivants, il revint plus tôt.

Elle se rassura. Il bavardait même avec elle avant d'aller dormir.

— Tu vas tous les jours sur le port, mon chéri?

— Tous les jours, affirmait-il. Il y a de nouveaux yachts, cette semaine. Ils parti-

ront probablement Dieu sait où, aux premières pluies.

– Je viendrai un soir avec toi. Mais tu
préfères rester seul peut-être?

– Mais non, disait-il. Je serais très
content si tu venais avec moi.

Elle ne vint jamais. Le port ne l'intéres-
sait pas et elle savait qu'ils auraient été trop
malheureux ensemble, chacun retrouvant
les mêmes souvenirs décevants, les mêmes
promesses jamais réalisées.

– Oh! regarde, regarde!...

Colombo, Singapour et les îles... Lui était
si petit autrefois, si petit devant ces grands
rochers, sur cette grande mer!

– Tu iras, mon chéri, tu iras...

– Bien sûr, répétait une autre voix, bien
sûr...

C'était le vent.

En octobre, il plut sur Monte-Carlo, et la
ville semblait aussi sombre que la mer.
Durant quelques jours, Paul ne put sortir et
ne vit pas la jeune fille. Un samedi, il se

rendit chez elle. Il hésita longtemps avant de sonner à sa porte, mais elle n'eut pas l'air surprise en lui ouvrant.

– Enfin, vous voilà! dit-elle. Je vous ai attendu toute la semaine. Je commençais à croire que vous ne viendriez jamais.

Elle le fit asseoir dans une pièce spacieuse mais triste, meublée à la diable, où il régnait un désordre sans chaleur. Elle resta debout tandis qu'il regardait autour de lui.

– C'est bien, chez vous, dit-il.

Elle ne répondit pas aussitôt, et le silence qui suivit le mit mal à l'aise. Sans la regarder, il savait qu'elle était agacée.

– Ne mentez pas, dit-elle.

– Je ne mens pas. Je trouve que c'est vraiment bien.

– C'est ce que l'on dit toujours dans ces cas-là. Mais vous, ce n'était pas la peine.

Elle se dirigea vers le fond de la pièce et fouilla dans un bahut. Il y régnait aussi un grand désordre. Elle sortit deux verres et une bouteille. Puis elle revint vers lui.

– Qu'avez-vous fait? dit-il.

– Ces jours-ci?

– Oui.

Elle remplit un verre à demi, le lui donna.

– J'ai travaillé.

Il ne la regardait pas. Il ne voulait pas regretter d'être venu, mais elle n'y mettait guère du sien.

– J'aime être avec vous, dit-il.

– Ne mentez pas.

– Pourquoi suis-je ici, alors?

– Oui, pourquoi? dit-elle.

Il essaya de sourire, le regard fixé sur les rideaux d'une fenêtre. Pourquoi était-elle toujours sur la défensive? Pourquoi cette attitude méfiante et incrédule? C'eût été si simple autrement.

– Vous n'aimez pas être avec moi? dit-il.

C'était elle à présent qui évitait son regard, les yeux baissés, une brusque chaleur sur le visage. « Elle va me jouer, se dit-il, les dactylos timides et rougissantes. » Mais il savait qu'elle ne jouait pas. Elle restait debout devant lui, l'air hypnotisé par la bouteille qu'elle tenait à la main et qu'elle balançait sans la voir.

– Vous le savez bien, dit-elle.

Et sa voix avait soudain perdu toute sécheresse, sa voix était devenue d'une mélancolique et tranquille douceur.

– J'aime être avec vous, moi aussi, répéta-t-il.

Son sourire reparut, comme si elle se moquait d'elle-même, et disparut aussitôt. Il voulut lui prendre la main, mais elle s'écarta. Lorsqu'elle le regarda, il ne sut lire dans ses yeux si elle était hostile, étonnée ou très malheureuse. Mais un mot de plus et elle éclaterait en sanglots, il en était sûr. Il se pencha en avant.

– Voyons, dit-il, qu'avez-vous?

Elle reculait encore, haussait les épaules. Ses traits se crispaient, elle était au bord des larmes, et il était heureux de la voir ainsi, plantée bêtement au milieu de la pièce, cette satanée bouteille entre les doigts. Elle pleurerait, bon sang, il fallait qu'elle pleure.

– Vous le savez bien, dit-elle.

Elle secoua la tête avec une sorte de rage :

– Je suis tellement belle!

A nouveau, elle haussa les épaules, puis brusquement c'était parti, elle se jeta dans un fauteuil, le visage contre le dossier, pleurant et pleurant, les bras repliés pour couvrir sa tête et son grand corps tassé sur les coussins.

Paul ne fit aucun mouvement.

Une joie inconnue déferlait en lui, et, une seconde, il revit le visage avide et satisfait de sa mère. A présent, il devait avoir ce visage, ce même visage qu'elle avait lorsqu'elle l'épiait le soir, dans son sommeil, comme une proie.

Elle cessa de pleurer. Le silence devait la gêner, mais elle ne semblait pas pressée de l'interrompre. Elle gardait le visage contre le dossier du fauteuil et sans doute n'oserait-elle jamais le tourner vers lui.

– Excusez-moi, dit-elle enfin.

Deux mots à peine perceptibles sur un ton faible et plaintif. Ensuite, sans le regarder, elle se leva et sortit de la pièce. Il but le contenu de son verre, les yeux toujours fixés sur le fauteuil qu'elle avait quitté. Il fit un effort pour réprimer sa toux. De l'eau coulait d'un robinet, dans la pièce voisine.

Elle allait certainement revenir avec le sourire et ce serait à jamais oublié. Ni l'un ni l'autre ne parlerait plus de cette scène.

Il posa son verre, se leva et s'approcha d'une fenêtre. Le ciel était sombre au-dessus des toits. Il ne pleuvait pas, mais il allait pleuvoir. Il contempla un moment la rue. Lorsqu'il entendit la jeune femme revenir vers lui, il se retourna en souriant.

Elle aussi souriait.

Plus tard, ils se rendirent ensemble dans un salon de thé, au-dessus du port. Lorsqu'ils entrèrent, la salle était vide et une jeune fille en uniforme rose s'approcha pour les servir. Ils s'assirent à une table, l'un en face de l'autre, près d'une fenêtre. Dehors, la mer était violette, elle se mêlait au ciel. Il avait plu toute une semaine et le port était désert.

– Ça va? dit Paul.

Elle avait les yeux rouges et la serveuse l'avait regardée avec insistance. Les pleurs des autres sont un mystère intéressant. Pourquoi elle, pourquoi pas moi? Le temps est triste, le monde aussi.

– Ça va, dit Simone.

Elle posait ses coudes sur la table, prenait son menton dans ses mains, elle levait vers lui un regard de caniche. Elle ne voulait pas de gâteaux, elle n'avait pas faim. Lorsqu'il se mit à tousser – une désespérante quinte qui n'en finissait plus – elle tourna la tête, fit mine d'observer le port à travers les vitres.

– Excusez-moi, dit-il.

Mais c'était la fin d'un jeu de cache-cache, il le savait. « Excusez-moi, excusez-moi », on se rend les armes, on entre dans la ronde éternelle, tout est dit. Il essaya d'imaginer le visage de sa mère lorsqu'il lui apprendrait que mort pour mort, elle ne partagerait pas sa tombe, qu'une autre était venue. Un instant, se dit-il, un instant et une vie. Il avait depuis plusieurs jours cette petite phrase dans la tête. Mais ce devait être idiot.

– Vous êtes tout pâle.

– Ne faites pas attention, dit-il. L'air de la mer ne me vaut rien.

– Pourquoi restez-vous, alors?

– Jusqu'ici, je me le demandais. Pour ma

mère peut-être. A présent, c'est pour vous que je reste.

Visage immobile, tellement immobile.

– Ne dites pas de bêtises.

– Vous savez bien que c'est vrai, dit Paul.

Elle buvait son thé. Lorsqu'elle eut posé sa tasse sur la table, elle détourna de nouveau la tête vers la fenêtre et passa un minuscule mouchoir blanc sur sa bouche.

– Vous aimez les bateaux et la mer, vous me l'avez dit.

– C'est vrai, dit Paul.

Mais elle devait attendre autre chose.

– Je vous aime aussi, dit-il.

Elle ne le regardait pas et ses lèvres tremblaient. La serveuse en rose devait les épier du fond de la salle, mais cela n'avait plus d'importance.

– Je ne comprends pas, dit Simone. Pourquoi vous moquer de moi?

Il lui prit la main par-dessus la table et la serra doucement. Un instant, il eut pitié d'elle et pitié de lui. Le visage de la jeune femme se découpait très net sur la vitre et se tendait vers lui, ridiculement ému. Elle laissait sa main dans la sienne, le corps penché en avant, les cheveux dans les yeux.

– Je vous aime, répéta-t-il.

– Je vous en prie.

– Je vous aime.

Elle se leva, prit son sac et, debout, muette devant la table, elle ressemblait à quelque chose de grotesque et de désespéré. « Une immense forme sans couleur et sans vie, se dit-il, quelque chose d'écœurant et de pas tout à fait humain. »

– Ne partez pas.

Elle secouait la tête pour ne pas l'entendre :

– Je vous en prie.

Un souffle, rien qu'un souffle, et à nouveau il eut pitié d'elle, pitié de lui, tous les deux, ensemble, aussi solitaires l'un que l'autre. Dehors, la pluie tombait depuis quelques minutes mais ils ne s'en étaient pas aperçus. Des gouttes frappaient la vitre à petits coups secs et il faisait plus sombre dans la salle.

– Asseyez-vous, dit-il. Je dois vous parler.

– Ne m'avez-vous jamais vue telle que je suis? dit-elle. Pourquoi vous moquer de moi?

Elle eut un regard vers la serveuse et se dirigea vers la porte.

– Vous n'allez pas sortir sous la pluie, dit Paul en se levant. Soyez raisonnable.

Mais elle était déjà dehors et il la vit passer, tête baissée, derrière les vitres. Il appela la serveuse, paya et sortit à son tour. Elle marchait vite, il dut courir – toux, toux, toux – pour la rattraper.

– Mais qu'avez-vous donc, à la fin? dit-il, en la saisissant par un bras. Est-ce que nous allons toujours nous poursuivre? Alors que tout est si simple!

– Laissez-moi, dit-elle, laissez-moi!

Il ne lâcha pas son bras.

La pluie tombait plus fort et ils durent s'abriter dans l'encadrement d'une porte. Ils restèrent un long moment silencieux. Il la tenait enlacée par les épaules. Puis, d'un coup, elle se serra contre lui.

– Vous tremblez, dit Paul. Parlez-moi.

Mais il savait qu'elle ne dirait rien. Quelque chose venait de se briser en elle qui n'était pas exprimable. Il garda le visage mouillé de Simone contre son épaule, n'osant pas bouger, n'osant plus mentir, les yeux fixés comme les siens sur des rafales de pluie scintillante que le vent poussait vers la mer.

Deux petites vieilles aux manteaux trempés les séparèrent pour ouvrir la porte qui les abritait. La porte fermée, elle revint se blottir contre lui.

Et ce n'est que plus tard, bien plus tard, qu'elle murmura son nom et qu'elle dressa la tête pour l'embrasser.

Le soir même, Paul dit à sa mère qu'il allait épouser la jeune fille. A demi allongée sur le sofa du salon, figée dans une expression de douloureuse stupeur, Lady Folley – qui n'était pas plus lady que sa femme de chambre, on l'appelait ainsi parce qu'elle était riche – l'écouta d'abord sans pouvoir articuler un mot.

Il se promenait de long en large, une mèche de cheveux sur le front, les mains dans les poches, il jubilait de raconter par le menu « son idylle ». Il paraissait soudain plus grand et plus fort, et lorsqu'elle osa murmurer – oh! si faiblement, et l'étrangeté de sa voix, alors! – « qu'il était fou », il éclata d'un rire qu'elle ne lui connaissait pas, les yeux empreints d'une féroce assurance.

– Fou? dit-il. Cette blague! C'est avant que j'étais fou!

Riant et riant, il continua d'arpenter la pièce, son visage levé vers le plafond.

Ensuite, il y eut des cris, beaucoup de cris. Les domestiques devaient les entendre de l'office.

– Cette gourde, cette mocheté? criait Lady Folley, debout. Mais pourquoi? Pourquoi?

Et lui, plus haut qu'elle :

– Pourquoi? Pour ne plus te voir, n'est-ce pas assez? Pour respirer! Pour vivre!

Elle le gifla. C'était la première fois depuis son enfance.

Etienne entra, l'air effaré, pour demander si on avait besoin de lui. Elle lui fit signe de s'en aller, d'un simple mouvement des doigts, comme on chasse une mouche.

La porte refermée, elle resta un moment à toiser Paul en silence, l'œil humide. Elle avait du mal à retrouver son souffle. Il finit par hausser les épaules, il alla s'asseoir dans un fauteuil devant la cheminée.

Elle ne bougeait pas. Elle ne pleurait pas. Il la sentait derrière lui comme déjà morte, souffrant de son impuissance, incapable d'arrêter le flot tumultueux des souvenirs. Il avait pensé qu'il y aurait beaucoup de choses à dire, beaucoup de choses à avouer pour la première fois, mais quelques cris, une gifle avaient suffi pour déchirer le voile des faux-semblants et des mensonges.

Il l'entendit aller vers la porte mais, avant de l'ouvrir, elle s'arrêta.

– Mon pauvre enfant, dit-elle, d'une voix sans timbre. Mais tu es malade, tu es perdu. Que va dire cette « fiancée » lorsqu'elle saura ton état?

Il ne put s'empêcher de se retourner. Il vit qu'elle s'efforçait en vain à un rictus d'ironie. Toute sa méchanceté, toute sa

rancune étaient concentrées dans ses
yeux :

– Tu n'en as pas pour longtemps, tu
sais.

Il haussa les épaules.

– Et toi? dit-il posément.

Elle ouvrit la porte, se tourna encore.

– Je lui parlerai, dit-elle. Tu ne t'en iras
pas comme ça.

Il s'aperçut qu'elle frissonnait, très pâle,
très vieille contre la porte.

– Je lui parlerai, répéta-t-elle.

Mais il ne répondit pas. Elle ne pouvait
déjà plus l'atteindre, il fallait le lui montrer.

– Paul? dit-elle.

Il cessa de la voir et de l'entendre. Il
regardait les flammes dans la cheminée.
Colombo, Singapour et les îles, c'était peut-
être ça lui échapper : cesser de la voir et de
l'entendre, l'abandonner à son égoïsme et à
sa haine. Elle sortit et il l'écouta monter
vers sa chambre, appuyée lourdement à la
rampe. Elle allait commencer à comprends
dre ce qui était arrivé, traînant dans sa tête

cette scène comme un mauvais rêve, jusqu'au dernier jour.

Plus tard, plié en deux, la poitrine comme traversée par des épées, il fut presque heureux de ne pouvoir réprimer sa toux. C'était un sentiment agréable d'être malade, mais vivant, et de savoir que cela n'avait guère d'importance.

– Et toi? avait-il dit.

C'était très bien de lui avoir dit ça.

Pendant la nuit, le vent souffla sur Monte-Carlo, enfla les vagues sur la mer et chassa le mauvais temps.

Allongé dans son lit, le corps moite, Paul essayait de deviner les pensées qui opprimaient sa mère. Aucun bruit ne lui parvenait des chambres voisines, mais il savait qu'elle non plus ne pourrait dormir. Comme lui, elle devait se souvenir et remuer des cendres. Demain, ce serait une nouvelle scène, puis une autre. Jusqu'à son départ, elle ne se tiendrait pas pour battue. Ils échangeraient peu de paroles mais chacune serait remplie de mortelle rancune. Et le silence même ne les épargnerait pas. Elle retrouverait vite ses armes favorites, la moquerie, la condescendance. Les masques jetés, il leur faudrait jour après jour, heure après heure se regarder en face, visages effrayants.

Il écoutait le vent secouer les volets de ses fenêtres et elle aussi devait écouter, espérant l'une de ces crises qu'elle connaissait bien et qu'il ne pourrait supporter seul. Comme toujours il l'appellerait et elle viendrait passer une main faussement tendre sur son front. Quelle occasion ce serait pour elle de l'abattre davantage! Mais la tête sous son oreiller, il retiendrait son souffle : il gardait pour lui et son mal et sa peur.

Alors qu'il était sur le point de trouver le sommeil, il vit l'aube se lever. Le vent avait cessé. Peu à peu chaque objet reprit sa forme dans la chambre, et cela le rassura. Un autre jour, se dit-il, et j'en verrai bien d'autres. Une lueur rouge glissait sur les vitres et il devina sans les entendre les bruits des matins d'autrefois.

« L'aube navrante », pensa-t-il.

Il n'arrivait pas à se rappeler dans quel poème il avait lu ça.

Ce soir, il reverrait Simone, il lui parlerait de son état avant que sa mère ne le fasse. La brave fille l'écouterait, il lui semblait déjà la voir battre des mains à l'idée de consacrer sa vie à le soigner. Elle, avec son regard de caniche et son affreux petit chapeau à plumes, sa mère et son évasion.

Durant des années, il avait courbé les épaules, fermé son âme à tout appel. Et sans doute n'y avait-il pas d'appel, pas de voix. Simone, Simone, les mots d'amour, les poètes et les récifs de corail. Il devait se tenir droit devant son cercueil et narguer cette pieuvre qui couchait dans la chambre voisine. Il devait la narguer et se réjouir avec orgueil de sa souffrance. Mort, voiles et ciel, tout cela était immuable, la mer, la vie et les récifs de corail.

Seigneur, les récifs de corail, et le silence.

Durant la mauvaise saison, Paul voulut donner à ses rendez-vous une apparence officielle. Il fit venir plusieurs fois Simone à la villa. Il trouvait excitantes ces rencontres auxquelles la présence de sa mère apportait un irremplaçable piment. De longs après-midi, les deux femmes firent assaut d'amabilité, tout en évitant d'aborder le sujet du prochain mariage. L'attitude de Lady Folley était d'une hypocrisie superbe : elle complimentait Simone pour ses défauts les plus évidents – son charme de Walkyrie pataude, la couleur pisseuse d'une robe qui lui allait comme un sac –, elle allait jusqu'à vanter son humour et son sens de la repartie. Simone en restait coite d'humiliation.

Le soir, quand la mère et le fils se retrouvaient face à face, le combat était autrement plus feutré, mais chaque mot prenait valeur d'insulte, en appelait vingt autres, aussi solides, aussi pleins que des coups. Sans raison, elle parlait d'autrefois, elle se souvenait de son père et de lui, comme si déjà elle veillait deux morts. Mais elle avait beau marquer des points, habile qu'elle était à l'atteindre et le blesser lorsqu'elle évoquait « son mal », Paul ne regrettait pas ces scènes. Elle n'en sortait pas la moins épuisée.

Il dut s'aliter cet hiver-là et subir, comme bien des années auparavant, une sombre sollicitude mêlée de sarcasmes. Peut-être espéra-t-elle alors qu'il allait mourir, que tout se terminerait avant elle. Lorsqu'il réclama un médecin, elle fut trop heureuse de le voir s'avouer vaincu pour qu'il osât encore en parler. Tout le jour, elle eut de brusques accès de gaieté, elle ne cessa de l'observer avec des yeux brillants. Il sut pourquoi le lendemain.

Au matin, la porte d'entrée s'ouvrit et il entendit quelqu'un monter l'escalier avec sa mère. Mais ce fut un inconnu qui entra dans sa chambre. Un homme maigre et vêtu de noir qui ne comprit jamais pourquoi ce garçon au beau visage douloureux et livide, sur l'oreiller, le regarda s'approcher avec une expression d'étonnement et de frayeur, puis se retourna furieusement dans son lit, sourd à tout.

46

Il avait demandé un médecin, la veille. Elle avait fait venir un prêtre.

De ce jour, il s'accrocha uniquement à Simone, il évita les scènes. Il se savait le plus faible, du moins jusqu'à son mariage, il observa en présence de sa mère un mutisme indifférent. Il continuait d'entendre ses paroles, de saisir le sens de ses paroles, de saisir le sens de ses sourires, de ses haussements d'épaules et jusqu'à celui de ses silences. Mais il ne cherchait plus à exciter sa rancune et sa détresse. Bientôt elle serait seule, à jamais seule et désespérée de ne garder qu'une partie de ses souvenirs, alors qu'il était en train d'en fabriquer d'autres où elle n'aurait plus place. C'était cela surtout qu'elle ne pourrait supporter, l'imaginer hors de son atteinte, avec une autre, fabriquant des souvenirs qu'elle ne connaîtrait pas et qu'il emporterait avec lui. Lorsqu'il était enfant, elle détestait jusqu'à ses jouets, elle trouvait toujours l'alibi d'une maladresse ou d'une distraction pour les briser. Elle avait vu chaque chose comme il l'avait vue, touché chaque chose comme il l'avait touchée. Un jour son père était parti, vers d'autres femmes, d'autres souvenirs. Lui était resté, avec les mêmes souvenirs, presque le même visage, et elle avait cru retrouver ce qu'elle avait perdu en le gardant prisonnier, en reportant sur lui toute sa rancœur pour l'autre, si tendre, si beau dans les matins d'un autrefois qu'elle ne pouvait plus oublier.

A présent, elle allait voir fuir pour la seconde fois le même homme dont elle avait connu le sourire de gratitude, à l'aube d'une nuit d'amour. Et ce ne serait pas un fils qu'elle perdrait. Ce ne serait que l'ombre de l'autre, glissant et glissant entre ses bras, des bras de femme.

Elle fut de plus en plus anxieuse tandis qu'approchait le printemps. Un moment débordante de vivacité, puis brusquement abattue, elle semblait se consumer et s'éteindre chaque jour, comme un mourant retrouve de nouvelles forces dans l'agonie. Et les mots! Elle les forgeait, s'épuisait à les polir. Et elle se désespérait de les sentir, un à un, manquer leur but et se perdre sans écho.

Une semaine avant le mariage, elle quitta Monte-Carlo avec sa femme de chambre et la cuisinière, elle s'en retourna dans la vieille demeure des Cornouailles qu'elle avait habitée pendant des années et dont elle ne supporterait plus le silence, un intolérable silence chargé de tous les rires, de tous les murmures de sa jeunesse.

Paul vendit la villa. Il vit des médecins qui lui déconseillaient le mariage et l'engageaient à entrer dans un sana : mais il avait depuis longtemps accepté ces choses. Il n'était nul besoin de recours en grâce.

Seuls des parents de Simone assistèrent à la cérémonie. Elle fut brève, sans couleur, et aussitôt après on se sépara. En revenant avec sa femme vers la villa, où Etienne préparait les bagages, Paul désira passer par le port et voir la mer. Le ciel était clair au-dessus de l'eau, si clair qu'il n'osa pas lever les yeux.

Ils firent l'amour à l'Hôtel de Paris. Simone ne l'avait jamais fait, ni là ni ailleurs, et Paul pas dix fois dans sa vie : quatre avec une danseuse des Saddler Wells, deux ou trois avec une serveuse rousse d'un restaurant de Brighton. Simone jura que s'il devait ne plus l'aimer elle se tuerait.

Au matin, Etienne amena dans le jardin une Daimler noire chargée de valises. Il leur fit ses adieux et partit de sa démarche élastique de boxeur rejoindre Lady Folley en Angleterre.

Ils avaient d'abord projeté un long voyage de noces en Orient, mais finalement, sans se chercher d'autre prétexte que la chaleur qu'il y faisait, ils renoncèrent.

En vérité, Simone n'aspirait qu'à se retrouver dans un endroit bien à eux. Ils se rendirent en Savoie. C'est elle qui conduisait. Paul avait acheté, sur photos, un chalet neuf, en pierre et en bois, perché au-dessus d'un village silencieux. Ils y passèrent quelque temps à faire venir des meubles, des rideaux, des plantes pour le jardin.

Paul eut l'impression d'avoir enseveli le passé, de commencer une nouvelle vie.

Simone n'avait jamais eu de domestique et n'en voulait pas. Elle entendait s'occuper seule de la maison. Elle allait et venait, tout le jour active, et il faillit presque s'habituer à la douceur d'un être sans détours à ses côtés. Parfois, la nuit, elle rallumait une lampe comme si elle devait toujours se persuader que tout était arrivé, qu'il était encore là. C'était si nouveau qu'il fut presque sur le point d'abandonner la comédie, de l'aimer vraiment.

Presque. Il se lassa vite. A la fin du printemps, sans s'en rendre compte, sans qu'il y ait eu l'ombre d'une dispute entre eux, il se mit à regretter Monte-Carlo. Le village d'Araches, au-dessous du chalet, prenait des teintes si rouges, au crépuscule, qu'un soir, le jeune homme eut la brusque vision de la mer, du soleil mourant dans l'eau en lueurs pourpres.

Il pensa que cela seul lui manquait. Au village, il acheta des cartes, des atlas, et il rapporta même au chalet un vieux tableau représentant le plus classique « Coucher de

51

soleil sur l'Océan ». Il trouva dans la boutique d'un quincaillier une boîte de peinture à l'huile et il essaya de corriger la toile, d'y ajouter autre chose. Mais il ne savait pas peindre. Il jeta les peintures, prit le tableau en horreur.

Un matin qu'elle revenait de ses courses au village, Simone retrouva son mari devant la cheminée du salon, près du feu qu'il avait allumé. Dans les flammes, la toile brûlait en crépitant, et lui, immobile et comme malade, une main appuyée à la poutre qui formait tablette et le front posé sur son bras, resta plus d'une heure à la même place, muet, à regarder le feu s'éteindre. Lorsqu'il revint près d'elle, il l'étreignit longuement, elle n'osa pas lui demander ce qui s'était passé.

En été, les deux époux retournèrent deux semaines sur la Côte. Un acteur américain voulut les emmener de Cannes à Saint-Tropez sur son bateau, mais Paul, sitôt en mer, eut un malaise, on fit demi-tour. Ils ne revirent jamais l'acteur. Ils achetèrent des vêtements, des disques, des livres, et un petit diamant taillé en forme de cœur que Simone portait en pendentif. Sur la plage du Carlton, Paul buvait des citrons pressés sans sucre et la regardait nager. Quand elle sortait de l'eau et revenait vers lui, trempée, les cheveux lisses, il la trouvait belle.

Avant de rentrer à Araches, ils allèrent dans une clinique. Paul subit des examens dont les résultats n'étaient ni meilleurs ni pires qu'auparavant. Mais autre chose l'obsédait.

Que pouvait faire sa mère? Que pouvait-elle penser, à présent? Il avait longtemps espéré une lettre, n'importe quoi, qui lui aurait rappelé sa jalousie, mais elle n'avait pas donné signe de vie depuis son mariage. Il finit par ne plus échapper au mystérieux pouvoir des souvenirs. L'éloignement tant désiré lui devenait intolérable : elle ne l'atteignait plus, elle était morte dans son cœur, mais elle le rongeait en y devenant pourriture. Elle se servait de l'arme que lui-même avait choisie, elle était à son tour hors d'atteinte.

Il fit très chaud, cet été-là. Paul ne sortait plus du chalet qu'à la nuit tombante. Il marchait avec Simone dans des chemins de terre et des pâturages, main dans la main. Il s'asseyait près d'elle au bord d'un talus. Les yeux perdus par-delà l'obscurité des montagnes, le dos voûté et ses longues jambes étendues, il ne faisait que remuer une haine ancienne dont il reconnaissait le goût en mâchant le tuyau de sa pipe. Comme auparavant, la pipe était éteinte, et il lui fallait supporter le silence.

Il voulut écrire à sa mère, lui faire mal encore. Un matin qu'il était seul, il écrivit. Mais il n'envoya pas sa lettre. Elle aurait trop aimé la recevoir. Un jour ou l'autre, c'est elle qui céderait. Elle n'en pourrait plus de refouler sa rancœur, d'agoniser sans le voir mourir. Un jour ou l'autre, s'il savait attendre, elle briserait les vagues du silence.

Il attendit.

De son séjour sur la côte, il avait rapporté une multitude de cartes géographiques. Simone avait même inventé un jeu.

Durant des heures, ils lançaient de gros dés blancs et noirs, ils déplaçaient sur les cartes qu'ils avaient quadrillées de minuscules navires de bois. Il fallait le premier rallier Colombo, ou Singapour, ou les îles Sous-le-Vent. On pouvait employer n'importe quel itinéraire, faire escale et crier des noms aux merveilleuses résonances. Ce jeu le fascina. Et elle y prit goût en le voyant si sérieux durant les parties. Il y croyait, sans doute, et elle finit par y croire aussi.

Mais, loin des cartes, il n'oubliait pas. Chaque matin, c'était la même déception à l'heure du courrier. Elle écrirait, c'était sûr, mais quand? Une seconde fois, il déchira une longue lettre qu'il pensait lui envoyer.

Simone l'observait et se rendait bien compte qu'il s'éloignait d'elle, mais elle n'osait pas l'interroger. Elle venait à lui, le serrait dans ses bras.

– Je suis tout près, disait-elle. Tout près, mon chéri.

Il ne répondait pas. Elle l'embrassait et il pensait à autre chose. Elle insistait, l'embrassait encore.

– Je suis heureuse, disait-elle.

55

Il souriait distraitement, il ne l'entendait pas.

Avec la fin de l'été, arriva le trentième anniversaire de Paul. Ils se rendirent trois jours à Chamonix pour fêter l'événement. Paul ne connaissait pas le mont Blanc, la neige d'été fut pour lui une découverte. Le second jour, Simone le laissa seul à l'hôtel, durant une heure. Elle revint les bras chargés de fleurs. Elle avait même un cadeau pour lui, une grande boîte très lourde qu'elle posa sur le lit, en entrant dans la chambre. Elle s'écarta lorsqu'il voulut l'embrasser.

– Ouvre d'abord, mon chéri.

Il arracha le ruban qui entourait le paquet.

– Tu ne me dis pas ce que c'est?

Au dernier moment, il hésitait à ouvrir la boîte.

– Ouvre, dit-elle. Si ça ne te plaît pas, je t'offrirai autre chose, ce que tu voudras.

Elle passa un bras autour de sa taille.

Elle était comme oppressée, son visage s'empourprait, et il sut que quelque chose, en cet instant, se passait qui les rapprochait l'un de l'autre.

Il ouvrit la boîte et ne vit d'abord rien autre que des feuilles de contre-plaqué, des tiges métalliques, des cubes de bois, tout un attirail qu'il n'arrivait pas à reconnaître. Puis il comprit. Elle était contre lui et il la serra dans ses bras avec brusquerie :

– Je n'y ai pas pensé, moi! Et c'est toi, c'est toi...

Mais cela ne pouvait se dire avec des mots. Il l'embrassa sur le front et les paupières et les joues, puis, presque posément, sur la bouche. Elle riait maintenant, soulagée, regard lumineux, et son rire avait la profonde douceur des larmes. Dieu qu'elle était belle, tout à coup!

– Nous les construirons ensemble, dit-elle. De grands, de très grands bateaux!...

Il saisit la boîte de constructions à deux mains et, comme un enfant, s'agenouilla dans la clarté d'une fenêtre pour étaler sur le tapis ce qu'elle contenait.

En voyant tous ces éléments d'un rêve

autour de lui, une merveilleuse envie de rire et de crier le prit. Il se tourna vers Simone. Elle souriait toujours, debout près du lit, et il voulut dire quelque chose en voyant ses yeux, quelque chose qui pût lui faire comprendre les sentiments depuis longtemps oubliés qui déferlaient en lui, secouaient la laideur du monde, effaçaient les jours. Dire qu'il l'aimait, qu'il était heureux, n'importe quoi. Mais il secoua seulement la tête et, sans se lever, tendit la main.

— Oh! viens, dit-il, viens!...

Ils dînèrent tard, dans un restaurant désert. Il pleuvait, dehors, et cela les rapprocha. Cela les fit se souvenir. Cette femme était sa femme, la même qui fuyait un jour sur un trottoir luisant sous la pluie, la même qui avait pleuré, tassée dans un fauteuil, parce qu'elle avait peur de croire au bonheur. A présent, douce et attentive, elle murmurait les mots tranquilles que murmurent les amants.

Et il ne trouvait plus cela étrange. En écoutant Simone, il éprouvait plus de quiétude en un seul soir qu'il n'en avait jamais connu. Même son euphorie le gagnait. Elle racontait une histoire, peut-être la leur, mais il n'entendait pas les mots, il n'essayait pas de les comprendre. Sans doute devait-il les connaître, lui aussi, tout simples, tout bêtes, enterrés si profond dans son cœur qu'il lui faudrait encore un peu de temps pour les retrouver, mais ils ne pouvaient lui être inconnus. Il reconnaissait leur rythme et leurs résonances. C'était peut-être ceux-là qu'il avait murmurés pour lui-même, autrefois, durant d'horribles nuits de solitude.

Plus tard, il toussa et elle prit sa main :

– Ça ne va pas?

– Je ne me suis jamais senti aussi bien.

– Tu ne regrettes pas?

– Quoi donc?

– De m'avoir épousée, dit-elle. Tu étais si loin ces derniers jours, tu semblais si bizarre.

– C'est fini, dit-il. Je suis très bien avec toi.

Un instant, il se sentit au bord de tout lui dire, de parler de sa mère. Mais il ne voulait pas rompre le charme et puis, il pensait ce soir à ces choses sans révolte, alors à quoi bon?

C'est à ce moment qu'une Bohémienne entra dans la salle et vint vers eux. Elle avait un visage brun, violemment fardé, rouge, noir, bleu et des yeux sombres et démesurés. Elle avançait d'un pas silencieux et nonchalant, la tête légèrement inclinée de côté, les bras le long du corps. Ignorant les vagues protestations de la patronne du restaurant, petite femme aux yeux bridés qui voulait « qu'on laisse en paix les clients », elle s'arrêta devant Paul, posa ses deux mains sur la table et se mit à parler avec un si fort accent étranger qu'il ne comprit pas ses paroles.

— Non, non, dit-il en secouant la tête.

— Tu ne veux pas connaître ton avenir? dit la femme. Je vais voir des choses très bonnes pour toi dans ta main.

— Ce n'est pas la peine, dit Paul.

— Tu as peur? Donne ta main. Je vois déjà des choses sur ton visage.

Il échangea un sourire embarrassé avec Simone.

— Tu ne crois pas? dit la Bohémienne.

Elle expliqua qu'il fallait la croire, qu'elle disait la vérité, que beaucoup de fausses Bohémiennes faisaient ça en disant n'importe quoi, mais qu'elle était tchèque, qu'elle faisait ça très bien.

Elle regardait Simone.

— Tu ne crois pas non plus?

— Ce n'est pas drôle de connaître son avenir. Je n'y tiens pas.

— Je vois des choses pour toi aussi. Mais je sais : tu as peur. Il faut pas, tout doit arriver. Tu veux?

Ils la taquinèrent, gênés par son insistance. Et son accent était-il vrai aussi? Mais elle ne se vexait pas. Elle gardait ses mains sur la table et Simone, sur sa demande, lui donna une cigarette.

— Alors, tu veux?

— Non, vraiment, dit Paul.

— Tu as tort.

— Je sais.

Elle eut un mouvement pour s'en aller, soupira, le regarda encore de ses grands yeux sombres. Sa longue robe dégageait une odeur de crasse et d'encens. Il s'écarta un peu.

– Et puis, au diable, dit-il ensuite. Elle nous aura au finish de toute façon.

Il tendit sa main gauche.

– Tu ne regretteras pas, dit la Bohémienne.

Mais quand elle s'en alla, il aurait pu regretter la douceur de ce jour, s'il y avait pensé. Il n'y pensa pas.

A nouveau l'image écœurante de sa mère occupait son esprit. Tout n'était peut-être pas faux dans les paroles de la Bohémienne. Elle avait dit beaucoup de choses dont il avait ri, l'argent, le bonheur et l'amour, toutes les fadaises des diseuses de bonne aventure, mais ne pouvait-elle avoir mystérieusement deviné quelque chose de vrai?

Elle avait vu un deuil dans sa main.

De retour au chalet, tandis que Simone rangeait la Daimler dans le garage, Paul ressentait plus violemment l'angoisse de la veille. Il n'osait même pas tourner les yeux vers la boîte aux lettres, à l'entrée du jardin.

Il alla s'étendre sur le canapé du salon. Il avait froid. Simone ralluma le feu, fit du café. Pour oublier l'étau qui écrasait ses poumons, il se forçait à écouter les mouvements de sa femme dans la cuisine. Il n'y arrivait pas. Une lettre était là qui l'attendait, sa lettre, et il imaginait l'écriture large et fatiguée, les lignes irrégulières, les mots que sa mère avait lancés vers lui, à travers le silence. Que pouvait-elle dire? Lorsque Simone lui apporta le café chaud, il frissonnait, et elle alla lui chercher une couverture.

— Il doit y avoir une lettre, dit-il.

Elle comprit et sortit sans un mot. Ce n'était pas une lettre. Elle revint avec un télégramme qu'elle tenait à deux mains contre sa poitrine. Il se souleva pour le prendre. Elle s'assit près de lui.

— Ne lis pas tout de suite, murmura-t-elle.

Mais il savait déjà. Il déplia le télégramme sans hésitation, si vite qu'une seconde son cœur dut cesser de battre. En lisant, il ne voyait pas les mots, les mots entraient en lui.

Il laissa tomber la feuille sur le tapis. Il essaya d'imaginer une vieille femme en noir aux derniers instants, il essaya de la voir, enfoncée dans un fauteuil qui se fermait sur elle, il essaya d'entendre une fois encore le son de sa voix et les sarcasmes dont elle l'abreuvait en l'épiant comme un vampire.

Tant d'années, tant d'années et les sarcasmes, la voix, le sourire, tout était mort, ridiculement mort avec elle. Il se souvint d'un baiser. Il devait y avoir si longtemps qu'il ne savait plus vraiment s'il devait en rire ou en pleurer. Elle l'avait embrassé, un jour, et il se souvint d'elle et de ce jour-là, et peu à peu le reste n'était plus qu'un mauvais rêve, opaque et en dehors de sa vie. Un instant, il retrouva son visage jeune et son parfum, mais ce fut si bref qu'il en eut à peine conscience.

– Oh! regarde, regarde!...

Son fantôme errait sûrement encore parmi les meubles et les bibelots qu'elle aimait. Et son front ridé allait se pencher vers lui, durant des nuits de cauchemar, son sourire de mauvaise foi allait le poursuivre et le ramener au passé. Ce prêtre qui était venu un jour, ce prêtre et tant d'amertume, tant d'orgueil, de rancœur et de silence...

En se souvenant, il baissa les yeux vers le télégramme. Il sentit sur son épaule le bras de Simone. Il relut les mots qu'il avait appréhendés et désirés et vomis depuis de si longs mois et qu'Etienne, front chauve et veines sur les tempes, avait tracés enfin, à son adresse, dans un bureau de poste.

Ce n'était plus rien. Ce n'était plus que ça. Un soir, doucement, elle avait penché la tête et quelqu'un était venu pour la trouver morte.

— Veux-tu que je te laisse? dit Simone, tout bas contre sa joue.

— Non, non, reste près de moi.

— Je t'aime, mon chéri.

— Je sais.

— J'ai mal pour toi, dit-elle.

Elle se serra contre lui et il tendit la main vers le télégramme. Il le froissa, en fit une boule et le jeta dans la cheminée.

— Comment est-ce arrivé? dit Simone.

Oui, il fallait parler, parler, parler. Il fallait parler jusqu'à la fin des jours, tous les jours et toutes les nuits, entendre toute la musique du monde, chasser le silence effrayant de son ancienne vie.

– Ce n'est rien. C'était à prévoir.

– Elle n'était pas malade?

– Non. C'est pire que ça.

Il prit la jeune femme dans ses bras, la serra très fort et, d'un coup, se mit à rire. Le ciel, la villa, les escaliers de pierre et le prêtre qu'elle avait fait venir! Et c'est elle qui était partie! Il se mit à rire, tout seul et misérable, il se mit à rire en espérant que ce n'était vraiment rien, que le soleil allait revenir et qu'il oublierait. Simone, dans ses bras, répétait d'une voix à peine perceptible de ces mots qui veulent apaiser les bêtes et lui riait – « Seigneur! Seigneur! C'est une belle histoire! » – et lui continuait de rire, le front contre l'épaule de sa femme et n'en pouvant plus du déchirement de son cœur.

Et plus tard, riant encore, il eut un haussement d'épaules comme en ont les enfants, et il se mit à pleurer.

Vint l'automne. Paul passait des journées entières à construire des maquettes de navires et Simone dut lui acheter deux nouvelles boîtes de matériel. Elle prenait sa part du jeu.

– Comme tu es grave, disait-elle.

Collant et clouant avec ardeur, il ne semblait pas se rendre compte du temps qui passait, il était étonné, à chaque crépuscule, lorsqu'il fallait allumer les lampes et abandonner son travail pour la nuit.

– On dirait que tu construis de véritables bateaux, disait-elle.

D'autres fois, elle prenait son visage à deux mains, elle ajoutait qu'un soir de fatigue il n'y croirait plus. Il haussait les épaules, les yeux agrandis.

– Mais non, voyons. Puisque *c'est vrai!*

La tendresse qu'ils avaient ressentie à Chamonix était intacte. Et même, dans le creux de leurs nuits, ils s'aimaient avec plus d'abandon. Le chalet devint un repaire. Ils s'habituaient à une tiède et agréable sensation d'étouffement.

Le matin, lorsqu'elle allait faire ses courses au village, Simone conduisait la Daimler comme une folle pour revenir : la route, la grille, l'allée, le crissement des freins, les escaliers, il est toujours là. Son absence d'une heure, Paul la portait sur le visage, dans un demi-sourire ou un hochement de tête qu'elle n'avait aucune peine à traduire : comme tu me manques, tu étais loin, loin, et j'étais seul.

Puis vint l'hiver.

Assoupi dans l'air froid, le village attendit la neige. Elle tomba un soir de décembre, très lourde, très lente. En une nuit, tout fut blanc.

Seule vie dans ce monde blanc, le carillon du village venait frapper les vitres de leurs fenêtres, des vitres glauques de buée, comme des hublots.

– Où sommes-nous? disait Paul. Personne ne nous retrouvera et l'hiver ne finira plus. Nous sommes partis trop loin.

Il dut s'aliter plusieurs jours, comme l'année précédente à Monte-Carlo. La fièvre colorait son visage, ravivait l'éclat de ses yeux, gonflait ses lèvres.

– Reste, reste, disait-il. Si je m'en allais,

si je mourais subitement sans que tu t'en aperçoives?

Il aimait la sentir près de lui, qu'elle lui fasse la lecture. Même s'il n'écoutait pas. Il était des heures sans dire un mot, mais jamais aussi présent qu'alors.

– Tu ne peux pas mourir, murmurait Simone, tu es trop beau pour t'en aller sans moi.

Elle apprit à le raser, à le peigner. Elle voulait même, malgré ses protestations, frotter tout son corps d'un onguent à l'eau de Cologne, « un remède de son arrière-grand-mère, quatre-vingt-quatorze ans, qui vivait toujours : Alors? » Et lorsqu'il s'étonnait du plaisir qu'elle prenait à caresser sa peau, à promener sa bouche sur sa poitrine, elle s'immobilisait un instant, comme peinée.

– C'est que tu es beau pour nous deux, disait-elle.

Et elle le serrait si fort ensuite, si fort, qu'il n'osait plus protester.

Elle pensait peu à elle-même, par contre. Le plus souvent vêtue d'une jupe et d'un pull, les pieds dans de grosses chaussettes de laine, ses longs cheveux dans le dos, elle n'accordait pas un regard aux miroirs de la maison. Il lui en fit la remarque : ils n'arriveraient jamais à dépenser l'argent qu'il possédait, elle devait s'acheter des robes, des bijoux. Mais elle ne faisait qu'en rire.

Elle n'avait même jamais porté ce qu'il lui avait acheté à Monte-Carlo, sauf le pendentif en forme de cœur. Pour le chalet, une jupe et un pull suffisaient bien, et c'était confortable.

– Je ne te plais pas comme ça ?

– Mais si. Et encore plus sans rien.

Il s'étonnait lui-même de ne pas avoir à mentir. Il aimait son corps nu, ses seins ronds, ses longues jambes. Il aimait ses cheveux lourds, ses lèvres entrouvertes dans le plaisir, ses yeux de ciel, et jusqu'à sa démarche. Ce qui avait pu lui paraître gauche ou ingrat, au temps de leur rencontre, il ne le voyait plus ou il y avait pris goût. Et il savait que c'était moins par habitude que pour les élans délicieux qui la jetaient vers lui, pour les gestes de l'amour qu'ils avaient découverts ensemble.

Et revint le printemps. Paul reprit avec Simone les promenades du soir. Ils marchaient à nouveau main dans la main à travers les bois et les pâturages. Ils ne parlaient à personne qu'à une vache au poil roux et blanc qui les reconnaissait de loin et venait à leur rencontre.

Un jour, Paul reçut une lettre d'Etienne, qui cherchait encore une place à son goût. Il disait quelques mots de Lady Folley et de ses derniers moments. Mais le rappel du passé ne fit pas sur Paul l'effet qu'il avait craint. Il lut la lettre sans éprouver ni peine ni haine, il ne répondit pas. Il envoya seulement à Etienne un petit paquet de tabac, en espérant qu'il comprendrait. Ce ne fut pour lui qu'un malaise fugitif, ça va passer, ça va passer, juste un peu de cette mélancolie qui étreint le cœur devant les printemps disparus, les années mortes.

Un après-midi de juin, Simone resta plus de trois heures absente. Paul imagina un accident, la Daimler écrabouillée au fond d'un ravin. En revenant, elle alla droit vers la chambre et se laissa tomber sur le lit. Elle interrompit aussitôt ses reproches :

— Ecoute-moi plutôt, dit-elle.

Il écouta. Elle était allée voir un médecin. Ce n'était pas à son sujet. C'était autre chose et il allait le savoir. D'ailleurs serait-il heureux de l'apprendre? Elle craignait qu'il ne le fût pas. Tandis qu'elle parlait, il vint près d'elle, contempla son visage et, peu à peu, ce visage même qu'il voyait s'estompa. La chambre, le lit, Simone, tout s'estompa dans un vide vertigineux. Les mains accrochées aux draps, il écoutait, comme pétrifié, ses lèvres s'ouvrant et se fermant sans qu'il pût dire un mot. Etait-ce vrai? Elle disait en être sûre. Le médecin ne pouvait pas se tromper. Mais était-ce bien vrai? Elle parlait avec des mots simples qu'elle répétait bravement, elle caressait sa nuque, s'étonnait de son silence. Croyant qu'il n'avait pas compris, elle recommença ses explications.

— Tu ne voulais pas? dit-elle enfin.

Il dut faire un effort pour se retrouver

dans la chambre, pour la voir, elle, mon Dieu, c'est vrai, elle et moi.

Il se jeta contre sa poitrine, c'est Colombo, c'est Singapour, tout est possible, quelqu'un ira qui n'est pas moi, mais qui est moi. Elle riait, le serrait contre elle, comme un enfant. Un enfant.

– Tu es heureux? Tu es heureux, dis?

Il l'embrassait, riait avec elle. Ce n'était pas le bonheur, ce n'était pas quelque chose qui pût porter un nom. Ce n'était pas de ce temps, ce n'était pas de ce monde, mais c'était elle et lui, et, déjà, encore elle et lui.

Il fallait faire quelque chose. Mais quoi? Que faire pour aider ça? Y penser, peut-être, y penser si fort que cela ne puisse manquer d'arriver, y croire si fort qu'un jour cela devienne vrai et vivant.

Parce que soudain il avait peur, il s'écarta un peu, il fit glisser une main sur elle, jusqu'à son ventre.

Mais cela ne pouvait y être encore. On ne le sentait pas.

Ils vécurent dans cette attente.

Paul voulait quitter Araches, le moment venu, se rendre à Paris pour qu'elle puisse entrer dans la meilleure clinique, être soignée par les meilleurs médecins. Durant les mois qui suivirent, il ne cessa de penser à l'enfant qui allait venir. Un garçon, certainement.

Simone se laissait gagner par son exubérance, elle entrait dans ses rêves. Parfois aussi elle regrettait leur quiétude à deux, elle lui reprochait de l'oublier déjà pour l'autre. Quelle chambre lui donneraient-ils, quel prénom? Sitôt qu'il trouvait une idée, c'était une explosion de joie suivie d'un long silence, puis d'un accablement complet.

– Non, non, ce n'est pas ça. Tout le monde s'appelle Philippe. Et Patrice est prétentieux.

Il engagea une bonne, Bernadette, la fille d'un fermier des environs, qui rentrait chez elle à la tombée de la nuit.

Il interdisait à Simone les moindres travaux, de trop marcher, de se lever de trop bonne heure. Il trouvait une autre forme de tyrannie.

— Mon pauvre chéri, disait-elle. Mais ce sera une fille!...

— Alors, nous l'appellerons Virginie.

Fille ou garçon, après tout, il ne s'en souciait guère. Il y aurait un être vivant bientôt, un être à lui, qui serait lui et qui marcherait, rirait, ferait craquer des allumettes, un tendre miracle sur la terre, un tendre miracle venu des hommes et de Dieu.

Et le matin de leur départ, un matin livide et silencieux de novembre, les paroles qu'ils prononcèrent en fermant le chalet étaient presque une prière.

— Qui sait si nous reviendrons? dit Simone.

Il lui entoura les épaules d'un bras tandis que le chauffeur de taxi qu'ils avaient demandé portait les valises dans sa voiture.

— Nous reviendrons tous les trois.

— J'ai peur.

— Viens, dit-il. Nous n'abandonnons pas notre maison.

– Et si nous ne revenions jamais, si nous avions d'autres projets?

– Ce ne sera pas long, dit-il. Bientôt nous reviendrons et nous retrouverons tout comme nous l'avons laissé.

– J'ai peur, répéta-t-elle.

Lorsque la voiture démarra, elle appuyait son front contre la vitre, et lui, assis près d'elle, oublia un instant la raison de leur départ et ressentit comme un serrement de cœur mêlé de révolte. A flanc de coteau, le chalet déserté s'amenuisait derrière eux, de plus en plus vite, et à un tournant de la route, il était devenu si petit qu'ils ne le virent pas disparaître.

– On était si bien, dit Simone.

Elle lui prit la main. Ils fermèrent les yeux.

A Paris, ils prirent un appartement dans un hôtel de la Madeleine. Les fenêtres donnaient sur les boulevards, et le va-et-vient des voitures et de la foule étourdissait Paul et le rendait nerveux. Il avait emporté ses maquettes mais il n'avait pas l'esprit aux constructions. Il ne quittait jamais Simone. Il posait souvent les mains sur son ventre pour sentir le bébé bouger. Ils lisaient, écoutaient de la musique. Ils faisaient monter leurs repas. Ils allèrent un après-midi au Salon de l'Enfance, un soir au récital de Louis Armstrong, à la Salle Pleyel, une ou deux fois aussi au cinéma, mais Simone n'aimait guère sortir. Le froid, la pluie étaient ses prétextes à rester calfeutrée. En vérité, elle avait honte.

Il souriait lorsqu'elle osait l'avouer. Lui aurait aimé montrer la grossesse de sa femme à tous les passants, se promener à son bras avec la tranquillité des êtres forts. Mais elle ne consentait à sortir que pour voir les médecins, et les médecins eux-mêmes l'intimidaient, lui étaient insupportables.

Vers la mi-décembre, on lui dit que le moment était proche et qu'elle et l'enfant étaient en magnifique santé. Ce soir-là, elle accepta d'aller au restaurant, de voir du monde, et elle but deux doigts de champagne qui l'égayèrent. Il y avait de grands lustres dans la salle, et Paul remarqua qu'ils se reflétaient dans ses yeux.

La nuit, elle s'agitait dans son lit. Il allumait, l'embrassait et parfois elle ne s'éveillait pas. Il la contemplait longtemps et, si le sommeil ne le reprenait pas, il éteignait et restait immobile, les yeux ouverts dans le noir.

Une semaine avant Noël, il l'emmena en taxi à la clinique. Il resta près d'elle jusqu'au soir à se ronger les ongles. Puis, la nuit tombée, ne pouvant supporter ses premières plaintes, il sortit faire un tour.

Il marcha dans les rues décorées pour les fêtes, avala un sandwich dans un café, vit un film auquel il ne comprit rien.

Vers minuit, à la clinique, un médecin l'accueillit devant la porte de la chambre où était Simone. Avant que Paul ouvre la bouche, il l'avait déjà rassuré :

– Elle va très bien. Vous pourrez la voir tout à l'heure, mais pour l'instant laissez-la se reposer.

– Elle a eu très mal?

– Mais non, dit le médecin. Ça s'est très bien passé.

– Et lui?...

– Lui? Oh! C'est une fille...

– Une fille? dit Paul.

Et il appuyait sur le mot pour en savourer la merveilleuse douceur.

– Et... elle est bien, elle aussi?

Le médecin ne baissa pas les yeux :

– Ça ne va pas fort, dit-il.

– Elle est?...

– Non, dit le médecin, mais ça ne va pas fort.

Une seconde, Paul ne trouva rien à dire. Il avait peut-être pensé à tout sauf à ça.

– Mais enfin, elle vivra, elle peut vivre?

– Le bébé?

– Oui.

– Je l'espère, dit le médecin. Nous faisons ce que nous pouvons. Ça ne va pas fort, c'est tout.

Lui non plus ne trouvait rien à dire. Il se balançait sur une jambe, le regard dans celui de Paul, l'air las.

– Est-ce que je peux le voir? dit Paul.

On lui montra le bébé. Quelque chose de rouge sombre, immobile et simiesque au milieu d'infirmières en blanc. Il regarda cette chose, les tempes bourdonnantes et, soudain, il sentit ses jambes se dérober sous lui. Le médecin lui prit le bras pour le soutenir.

– Mais enfin, il faut qu'il vive!

L'autre ne répondait pas, hochait la tête avec résignation, l'entraînait hors de la pièce. Dans le hall, Paul se laissa aller sur un banc, prit son visage dans ses mains et il répéta sa dernière phrase, plus bas, comme il aurait dit : « Je suis innocent. »

– Soyez raisonnable, dit le médecin. Vous savez que nous ferons notre possible.

– Il est si laid, si laid, dit Paul... On ne dirait jamais un être vivant.

– Il vit, pourtant, dit le médecin.

Il lui frappa doucement l'épaule.

– Il faut attendre. Les nouveau-nés ont une force surprenante, vous verrez. Avec un peu de chance vous aurez une jolie petite fille.

Lui n'avait même pas la force de pleurer. Il appuyait sa nuque sur le dossier du banc et il ouvrait de grands yeux incrédules, sans rien voir. Il essayait seulement de comprendre.

– Une jolie petite fille, répéta-t-il.

L'enfant mourut trois jours plus tard.

Pendant des semaines, Paul ne voulut plus voir personne. Enfermé dans l'appartement avec ses maquettes, il étouffait sous le poids des rêves qu'il avait faits, qu'il était incapable d'oublier. Simone était revenue seule de la clinique. Elle l'avait retrouvé sombre et abattu, allongé sur le tapis de la chambre, le regard vide, le visage vieilli de dix ans. Elle était venue vers lui, les mains ouvertes, mais sans lui apporter ce qu'il avait demandé durant des mois. Il ne demandait plus rien à présent. Lorsqu'elle était entrée, il avait regardé la porte, c'est tout. Il était retombé aussitôt dans une torpeur de somnambule.

Fenêtres closes sur les boulevards, il retrouvait, contre tous et contre tout, une rancœur qu'il avait cru perdre à jamais. Son enfant grandissait hors du temps, de l'espace et de la terre des hommes, il grandissait puis redevenait très jeune, très malade et il mourait chaque jour.

Il ne parlait presque plus. Simone l'observait, devinant ses pensées, renonçant à les interrompre. Comment aurait-elle pu? C'était les siennes. Le soir, lorsqu'elle venait s'allonger près de lui, il s'écartait pour ne pas la toucher, pour ne lui donner que la place d'une ombre. Elle s'accommodait de ce rôle. Elle aurait voulu être une ombre. Tout le jour, face à face, chacun baissait la tête sur sa propre illusion, monologuait en silence son propre désarroi.

Elle s'approcha de lui, un soir, posa une main sur sa joue pour le reconnaître, le retrouver. Il leva brusquement les yeux et elle lut dans son regard tant de surprise, de dégoût et de deuil qu'elle recula, comme effrayée. Puis, baissant la tête, elle quitta la pièce sans un mot. Lorsqu'elle revint plus tard en face de lui, elle avait repris son visage d'autrefois, les cheveux tirés, les lèvres épaisses et boudeuses, les yeux éteints de leur première rencontre. Il ne lui manquait qu'une plume sur la tête.

Il prit ses repas hors de l'hôtel. Elle ne

posa aucune question, ne fit aucun reproche. A peine avait-elle l'air de remarquer
qu'il s'en allait.

Une nuit de février, las de cette atmo-
sphère et de lui-même, il rencontra une fille
dans un bar et ne rentra qu'au matin, les
cheveux sur le front, la démarche raide et
incertaine. Simone s'était assoupie dans un
fauteuil du salon, face à la porte. Au bruit
qu'il fit, en bataillant avec la serrure, elle
ouvrit les yeux. Elle vit aussitôt qu'il était
ivre.

— D'où viens-tu?

Elle avait retrouvé la voix qu'il lui avait
connue à Monte-Carlo, une voix coupante
qui le fit s'immobiliser au milieu de la
pièce. Elle venait vers lui, le visage tendu,
les mains derrière le dos pour ne pas lui
montrer qu'elles tremblaient.

— Eh bien? Tu ne peux pas répondre?
Tu es saoul à ce point?

Elle fit encore un pas en avant et il
recula, passant instinctivement une main
dans ses cheveux.

— Je fais ce qui me plaît, dit-il. Je ne dois
pas te manquer beaucoup, non?

Elle saisit son bras lorsqu'il voulut s'écarter.

– J'ai le droit de savoir! Tu ne dis pas un mot, pas un mot, pas un mot! Tu crois que je vais supporter ça longtemps?

Elle dut reprendre sa respiration et il en profita pour dégager son bras et aller vers la porte de la chambre. Mais il la sentait derrière lui, cherchant la scène qu'il voulait éviter. Il tituba contre une table, atteignit la porte et s'accrocha au battant.

– Ça te fait du bien, dit-elle dans son dos. Ça t'arrange la santé de te mettre dans cet état.

Elle parlait plus bas, plus calmement, et il se retourna pour la voir. A deux pas de lui, elle s'appuyait à la table contre laquelle il venait de buter, tout le corps penché en avant, et son visage se découpait très sombre dans le contre-jour laiteux des fenêtres, il n'en voyait pas l'expression. Il ne put supporter la blancheur de l'aube, haussa les épaules et entra dans la chambre. Elle le suivit.

– D'où viens-tu? répéta-t-elle.

Le ton de sa voix était plus douloureux

qu'irrité. Elle restait sur le seuil, pâle et tremblante, et, un instant, de la voir ainsi, il se sentit si las qu'il eut envie de se laisser aller dans ses bras, de retrouver un peu de sa chaleur. Mais il ne bougea pas.

– Je suis allé boire, dit-il.

– Je le vois bien. Mais pourquoi?

C'est là qu'elle voulait en venir. En entrant, il le savait déjà. Il fit un geste vague.

– Laisse-moi, dit-il. Je t'en prie, laisse-moi.

Mais elle ne voulait pas.

– Dis-moi pourquoi! cria-t-elle en secouant la tête. Je veux savoir, à la fin!

Il la repoussa doucement, mais elle revint aussitôt, et il dut la pousser plus fort pour fermer la porte. Elle s'accrocha à la poignée, en criant, mais il tira le verrou.

– Je veux savoir, entends-tu! Je veux savoir ce qui se passe!

Elle sanglotait à présent, secouant la porte close, et il recula vers le lit pour ne pas l'entendre.

– Est-ce que c'est ma faute, cria-t-elle en

pleurant, est-ce que c'est ma faute, à moi?

Il restait immobile près du lit, la poitrine oppressée et la gorge sèche.

– Pourquoi es-tu ainsi? Est-ce que c'est ma faute? Je ne l'ai pas voulu, tu le sais bien!

– Tu n'as pas voulu quoi? répliqua-t-il malgré lui. Est-ce que je te reproche quoi que ce soit? Je ne t'ai rien dit.

– C'est bien pour ça.

Elle frappa du poing sur le bois.

– Ouvre, dit-elle. Ouvre-moi!

Il s'approcha, il se tint devant le verrou sans ouvrir. Le jour se glissait à travers les rideaux, faisait de petites taches lumineuses sur les murs.

– Je t'en prie, dit-il, laisse-moi. Nous parlerons de ça plus tard.

– C'est maintenant qu'on doit en parler. Si tu es comme ça à cause du bébé, c'est maintenant qu'on doit en parler.

Elle se tut un instant. Il entendait sa respiration à travers la porte. Elle avait cessé de pleurer, elle s'apaisait.

– Je croyais qu'on l'aurait, dit-elle

ensuite. Je croyais qu'on pourrait l'avoir et être heureux tous les trois. Mais ce n'est pas ma faute s'il est mort.

— Laisse-moi, dit-il.

— Non. J'en ai assez, maintenant.

Elle était calme.

— Je croyais que tu étais malheureux à cause du bébé. Mais tu n'as rien fait pour revenir vers moi et je sais bien que tu m'en veux. Si tu voyais ton regard!

Il l'entendait mal, elle parlait bas à travers la porte.

— Ecoute, dit-il, va te coucher. Nous parlerons de tout ça plus tard. Je n'en peux plus, il faut que je dorme.

— Tu es ivre, dit-elle. C'est ainsi que tu te soignes. Comment veux-tu avoir un bébé après ça?

Il resta une seconde pétrifié, toute tendresse enfuie et le corps si fatigué, si fatigué, qu'il dut saisir le verrou devant lui à deux mains pour ne pas tomber.

— Tu es folle! cria-t-il.

— D'où crois-tu que ça vient?

— Tu es folle!

– Demande donc au médecin, dit-elle en haussant le ton à son tour. Demande-lui.

Il se redressa, frappa deux grands coups sur la porte et se laissa aller contre le bois. Il devait se défendre, retrouver ses forces, il ne pouvait pas se laisser abattre de cette façon, pas par elle.

– Saleté! dit-il.

Il entendait les ongles de Simone crisser sur la porte et sa propre respiration, courte et sifflante.

– Paul, dit-elle, je t'en prie...

Il frappa encore du poing, il se sentit assez furieux pour ouvrir, se jeter sur elle et la battre. C'est la toux qui eut raison. Elle parla lorsqu'il se mit à tousser, mais il ne put saisir ce qu'elle disait.

– Saleté, répéta-t-il ensuite.

Il crut l'entendre rire.

– Tu es pourri, dit-elle au bout d'un instant, complètement pourri.

Il alla jusqu'au lit et s'y jeta, la tête dans ses bras repliés, le corps agité de spasmes, la poitrine en feu, et elle, dans l'autre pièce, se mit à crier à nouveau. Il essuya au drap le sang qui coulait de ses lèvres et fit un vain effort pour ne plus l'entendre.

– Ouvre-moi! Paul, ouvre-moi!

La tête sur l'oreiller, le cœur débordant de haine pour elle et pour lui, il entendit longtemps les coups rageurs qu'elle donnait à la porte, et plus tard, alors qu'elle frappait encore, il désira se lever pour aller ouvrir les rideaux et voir le jour. Mais il n'en eut pas la force. Il tendit la main, éclaira sa lampe de chevet et regarda son sang sur les draps. Elle se lassait, elle s'en allait, et lui, regardant le sang rouge de ses poumons, se souvenait de sa mère et d'une petite boule de chair privée de vie. C'était, dehors, les bruits rassurants du matin. Elle se taisait, elle était partie, et il restait allongé là, tout habillé, immobile, à regarder son propre sang. Et la lumière même n'écartait pas les fantômes.

Il ne sortit de la chambre que le lendemain après-midi. Il était nu sous un peignoir-éponge. Lorsqu'il traversa le salon,

Simone était assise dans un coin, près d'une fenêtre, un livre sur les genoux. Elle ne leva pas les yeux. Il ne voulait pas lui parler ni appeler le service, mais il avait faim.

– Il y a quelque chose à manger? dit-il le dos tourné.

Elle ne répondit pas. Il resta immobile, les yeux à terre, attendant, mais, de guerre lasse, il rompit à nouveau le silence :

– J'ai faim.

Elle dut hausser les épaules, derrière lui, c'est ce qu'il aurait fait à sa place.

– Ton dîner d'hier est sur la commode, dit-elle d'une voix neutre. Si tu en as envie...

– Je ne le vois pas.

Il voyait très bien le plateau, les couvre-plats d'argent. Elle ne bougeait pas, elle se taisait.

– Alors?

– Sur la commode, dit-elle.

Elle ne se lèverait pas. Elle ne se lèverait plus. Ces attentions n'étaient plus de mise, c'était quelque chose d'oublié, de fini. Il avança vers la commode, attendit encore avant d'abaisser les yeux sur le plateau. Le papier peint sur les murs était rose. Il détestait cette couleur. Elle était plus que laide en cet endroit, à ce moment, elle était déplacée.

– Le rose, dit-il.

Il prit un petit pain dans la corbeille, l'ouvrit en deux. C'était du pain rassis. Il souleva une tranche de viande froide avec les doigts, fit un sandwich et se mit à manger, accoudé à la commode. Il faisait sans doute très froid, dehors, mais l'appartement était bien chauffé. C'était un bon hôtel. Son père, jadis, ne descendait jamais dans un autre.

– C'est dur, dit-il en mâchant son pain.

Il ne savait plus lui-même ce qui était dur. Simone lisait ou semblait lire.

– Tu as dormi? dit-il.

Immobile dans son fauteuil, les cheveux plus clairs dans la lumière du jour, elle n'eut pas un battement de cils. Il essayait de retrouver une voix affectueuse pour lui parler mais ce n'était pas le papier peint qu'il détestait le plus.

– Je n'ai pas pu dormir, cette nuit, dit-il,

en s'approchant de la fenêtre. J'ai essayé, je n'ai pas pu.

Il colla son front à la vitre, essaya de voir les boulevards par-delà le balcon. Mais le balcon était énorme, on ne pouvait voir que les toits.

– J'étais ivre, dit-il. Ce que j'ai fait, ce que j'ai dit, n'avait pas de sens. Nous ne pouvons pas nous chamailler comme ça jusqu'à l'année prochaine.

Il tourna la tête, vit ses yeux. Elle était étonnée sans doute, mais trop intelligente pour le croire. Il mangeait avec un demi-sourire, et la viande dans sa bouche avait un goût fade.

– Faisons la paix, dit-il. Je ne pensais pas ce que j'ai dit hier matin. J'étais ivre, rien de plus.

Elle continuait de fixer un regard froid sur le sien, lèvres closes, et il s'accroupit sur les talons pour la voir en face.

– Tu ne m'aimes plus? dit-il.

Elle baissa les yeux, se remit à lire. Lorsqu'il eut fini son sandwich, il s'essuya les doigts au tissu-éponge de son peignoir. Il restait assis sur les talons.

— Que t'a dit le médecin? murmura-t-il, aussi bas qu'il put.

— Tu le sais.

— C'est ma faute, n'est-ce pas? Il t'a dit que le bébé était mort d'avance? Et toi aussi tu le pensais depuis longtemps sans me le dire. N'est-ce pas?

Elle le regarda juste une seconde, continua de lire. Oui, une seconde à peine, et c'était bien suffisant. Il venait de retrouver sa mère.

— Je ne te crois pas, dit-il.

En se dressant, il heurta la poignée de la fenêtre, se frotta le dos.

— Qui crois-tu? dit Simone. Est-ce que seulement tu te crois toi-même?

Elle y était tout de même arrivée.

— Et toi, dit-il, est-ce que tu me crois?

— Je te croyais.

— Mes belles phrases?

Elle ferma son livre.

— Tais-toi!

— Les belles phrases du beau fiancé, est-ce que tu les croyais?

— Tais-toi!

Elle se levait, avançait rapidement vers la

93

chambre qu'ils avaient réservée pour l'enfant, où probablement elle avait dormi la nuit précédente. Il ne la quitta pas des yeux avant qu'elle eût atteint la porte, son livre à la main et la chevelure rejetée en arrière.

— Pauvre innocente, dit-il. Pauvre naïve.

Elle s'arrêta net sur le seuil du salon, toute droite. Il ne voyait que son dos, mais il devinait ses paupières serrées, sa bouche crispée comme sous l'effet d'un coup.

— De belles phrases, dit-il. Et toi, grande carcasse stupide, tu les croyais.

Il mit les mains dans les poches de son peignoir, satisfait de voir qu'elle était incapable d'un autre pas ou même de se retourner.

— Tu le sais? dit-il. Est-ce que tu sais tout ça, ou tu veux que je t'explique?

— Tu m'as épousée, dit-elle.

Mais c'était presque une interrogation et sa voix tremblait. « Comme si elle bêlait, pensa-t-il, la voilà qui bêle, maintenant. »

— Je t'ai épousée, ça oui. Et c'est pour tes beaux yeux.

Il se mit à rire.

— Tu t'es regardée? dit-il. Est-ce que tu t'es déjà regardée dans une glace?

Toujours plantée devant la chambre vide, elle passa une main sur son front.

— Tu m'as épousée, dit-elle, têtue.

— Toi ou une autre, qu'est-ce que ça pouvait me faire? Je voulais partir, c'est tout.

— Tu mens!

Elle se retourna enfin, les joues brûlantes dans un visage livide, les épaules rejetées en arrière, le cou tendu. Elle avait exactement l'allure qu'il lui avait connue avant son mariage, elle ressemblait de nouveau à quelque chose de grotesque et de désespéré.

— Tu mens! répéta-t-elle en secouant la tête. Tu pouvais quitter ta mère sans m'épouser! Tu étais sincère!

Il avança de quelques pas et, tout près d'elle, il put voir le tremblement de ses lèvres, savourer la douleur et l'incrédulité inscrites sur sa figure.

— Eh non, dit-il, je ne pouvais pas, c'était beaucoup plus compliqué. Si j'étais parti seul, tu t'imagines qu'elle serait morte?

– Tais-toi! dit-elle. Tais-toi, tu ne penses pas ce que tu dis!

– Oh! si. Il faudra que je te raconte tout ça, un jour. Comment je l'ai détestée, comment elle m'a détesté et comment elle est morte.

Il s'approcha encore, presque à toucher sa bouche avec la sienne. Il chuchota :

– Tu as bien le droit de savoir. Après tout, tu m'as bien aidé à la tuer.

Elle le gifla, s'écartant d'un sursaut, les yeux emplis de larmes, elle le gifla à toute volée, puis elle se précipita dans la chambre et ferma la porte.

– J'avais tellement envie de t'épouser! cria-t-il dans un éclat de rire. Je t'aimais tant!...

Il se laissa tomber dans un fauteuil, allongea les jambes sur le tapis.

– Je t'aimais tant, répéta-t-il plus bas.

Mais il ne savait plus très bien ce qu'il disait. Au bout d'un moment, n'entendant rien, il alla frapper deux coups légers à la porte. Elle ne répondit pas, et il pensa manger un autre sandwich. Il revint à la commode, prit un petit pain et de la viande froide. Alors qu'il commençait à manger, il y eut un grand bruit de verre brisé dans la chambre de Simone et il cessa de mâcher pour écouter. C'était à nouveau le silence.

– Ça porte malheur! s'exclama-t-il la bouche pleine, assez haut pour qu'elle pût l'entendre.

Elle venait sans doute de briser une glace.

Il sortit à nouveau, cette nuit-là. Une surprise l'attendait à son retour. Le salon était plongé dans une demi-obscurité, seule l'éclairait la lampe d'une chambre. Cette pénombre donnait à la pièce un aspect étrange, presque menaçant, et, une seconde, il ne remarqua rien d'autre que cette lumière qui brillait très loin et glissait toute pâle jusqu'à ses pieds. Puis il prit conscience du bruit et vit Simone à genoux sur le tapis, les cheveux en désordre et sa robe de chambre ouverte jusqu'à la taille.

La respiration lui manqua : à grands coups, elle démolissait les navires qu'il avait construits, tordait les mâts, arrachait les fils, brisait les coques, et cela le plus tranquillement du monde, sans colère, sans souci de son entrée, levant et abaissant avec une régularité de métronome le serre-livres qui lui servait de marteau.

Fermant la porte d'un coup de pied, il se précipita sur elle, la saisit aux épaules et la tira violemment en arrière. Elle ne lâcha pas le serre-livres pour autant. Il crut un instant qu'elle allait l'en frapper. Mais elle n'eut qu'un mouvement, celui de revenir à genoux continuer sa besogne.

– Tu es devenue folle? cria-t-il.

Il la fit basculer à nouveau sur le tapis et lorsqu'elle se leva, il lui arracha le serre-livres et le jeta loin d'elle. Comme il essayait de la contenir :

– Laisse-moi, dit-elle, avec un calme entêtement. Tu vas me laisser?

Il se mit entre elle et les maquettes et, la voyant revenir à la charge, il la gifla du revers de la main. Elle tituba mais lui refit face.

– Tu es pourri! Complètement pourri!

Elle se jeta en avant, le griffa, parvint à

lui échapper et, du pied, elle écrasa la coque d'un navire.

– Bon sang, mais tu vas t'arrêter? cria-t-il en la giflant encore.

Mais elle lui rendait les coups, le forçait à reculer. Il vit son visage dans la lumière, un effroyable visage aux yeux fous. Alors qu'elle se débattait comme une furie entre ses bras, il sentit sa poitrine éclater, ses jambes se dérober sous lui.

– C'est ça, cria-t-elle, tousse, tousse bien fort que je l'entende! Tu crois que je vais tout supporter sans rien dire? Tu crois que ça va durer?

– Arrête, murmura-t-il et il continua de reculer jusqu'à sentir la dureté d'un mur contre son dos.

Elle lançait les poings en avant, griffait son visage. Il glissa le long du mur et, affalé sur le tapis, toussant et toussant, il ferma les yeux tandis qu'elle s'écartait enfin. Lorsqu'il tenta de se lever quelques secondes plus tard, toussant et toussant encore, la poitrine en feu et la bouche pleine de sang, il la vit revenir vers les maquettes, le serre-livres à la main.

— Simone, hoqueta-t-il, laisse ça...

Elle riait, maintenant, frappant à tour de bras les navires et rejetant dans tous les coins de la pièce des épaves qui retombaient dans l'ombre. Il dut assister impuissant à cette destruction. Tout le corps secoué par la toux, il resta sans forces à la regarder cogner et cogner avec son serre-livres, faisant un bruit infernal, et la lumière de la chambre voisine éclairait par instants un visage qui n'avait plus rien d'humain.

Lorsqu'elle s'arrêta, il ne restait autour d'elle que des morceaux de bois et de métal informes. Elle revint devant lui, essoufflée mais satisfaite. Il dut lever les yeux pour la voir.

— Ça va mieux? dit-elle.

Il laissait aller sa tête contre le mur, incapable de refouler les larmes qui débordaient de ses paupières, mais elle savourait sa victoire encore mieux de voir la faiblesse du vaincu, il cacha son visage dans ses mains.

Elle eut la cruauté d'aller lui chercher une serviette pour essuyer le sang qui tachait sa chemise et ses vêtements, de l'aider à se relever, à marcher jusqu'à son lit. Il sentait brûler sa poitrine, s'éteindre son souffle, il avait cessé de sentir le reste de son corps.

— Tu as soif? dit-elle lorsqu'il fut couché. Ou bien tu as assez bu avec tes putes?

Il secoua la tête.

— Va-t'en, je t'en prie.

— Je vais te veiller, dit-elle. Tu sais bien que je te veillerai toujours.

Il se souleva sur un coude. La douleur dans sa poitrine s'évanouissait lentement, il respirait mieux.

— Laisse-moi, dit-il. Tu as l'air d'un vautour.

Un peu plus tard, il l'entendit téléphoner du salon.

— Un docteur va venir, dit-elle en se rasseyant à son chevet.

— Je n'ai pas besoin de docteur.

— Si tu te voyais, tu changerais d'avis.

Il mordit ses lèvres, promena un regard inquiet dans la chambre. Il n'allait pas mourir ce matin. Ni aujourd'hui. Ni demain. Il retrouverait bientôt ses forces et l'écarterait de sa vie.

– Ne le laisse pas entrer, dit-il, je ne veux pas le voir.

– Allons, voyons. Tu n'es pas raisonnable, mon chéri.

Elle toucha son front de la main.

– Tu as la fièvre, dit-elle.

– Je n'ai pas besoin de docteur.

– Ah, bon. Ce n'est peut-être pas un docteur qu'il te faut.

Il secoua la tête, revit sa mère à ses côtés. Un à un les nœuds se défont et les mêmes pièges se referment.

– Je n'ai besoin de personne.

Elle se pencha au-dessus de lui.

– Voyons, dit-elle, je ne peux pas te laisser comme ça, tu le sais bien.

Sa voix douceâtre résonnait tout près de son oreille, perçait son crâne.

– Mais si, dit-il. Je n'ai rien du tout.

– Et si tu meurs, mon chéri?

Elle parlait en détachant les syllabes. Il regarda la fenêtre, la nuit derrière les vitres. Un visage, puis d'autres, mille visages de nègres et quelques mots qu'il avait presque oubliés, un poème. Non, les paroles d'un blues.

– Et si tu meurs? répéta-t-elle.

Il parvint à sourire.

– Ne te chagrine pas pour moi, dit-il.

Le médecin était un gros homme à la démarche lente, aux gestes lents. Il cachait probablement aussi un esprit lent sous son crâne chauve mais la calvitie donne l'air d'en savoir plus que les autres. Il lui fallut près d'une heure pour comprendre que jamais Paul ne se laisserait hospitaliser.

Lorsqu'il sortit de la chambre, Simone le suivit dans le salon. Elle laissa la porte entrouverte, Paul les entendit s'installer dans la pièce voisine, puis la voix de sa femme lui parvint, à peine plus feutrée qu'à l'ordinaire :

– C'est grave? Je suis forte, docteur, j'aimerais savoir exactement où il en est.

Il y eut un silence.

– Non, non, reprit Simone, il ne peut pas nous entendre.

Paul, malgré lui, tendait l'oreille, incapable de maîtriser les battements de son cœur. Elle savait ce qu'elle faisait en ne fermant pas la porte de la chambre.

– Je ne sais pas, dit la voix hésitante du

gros homme. Il lui faudrait passer des radios, des analyses...

– Il ne veut pas, dit Simone. Mais vous devez bien vous rendre compte?

Nouveau silence. Paul écarta les draps, se leva sans bruit. Il s'approcha de la porte en retenant sa respiration, en marchant avec précaution sur le tapis.

– Je veux savoir, disait Simone, plus pressante. N'y a-t-il pas d'espoir?

Paul s'appuyait au mur, ne respirait plus.

– Je n'en vois guère, dit le médecin à regret. Il ne s'est jamais soigné. Il ne se soigne pas... Il est au bout du rouleau, à présent.

Les ressorts d'un fauteuil grincèrent. Paul entendait les pas de sa femme, allant et venant dans le salon.

– Je regrette, dit le médecin.

– Il faut voir les choses en face, dit Simone.

– Vous êtes très courageuse de rester près de lui.

– C'est mon mari, dit-elle.

Les pas cessèrent. Paul avait froid.

— Et... c'est vraiment... le bout? dit Simone d'une voix qui tremblait un peu.

— Qui peut le dire?

— Vous devez bien avoir une idée, vous l'avez vu!

— Quelques mois, un an peut-être, dit le médecin. Peut-être un peu plus. Mais ne vous affolez pas.

— Je ne m'affole pas, dit Simone. Un an, vous dites?

Elle faisait répéter. Peut-être n'avait-il pas entendu, immobile et comme déjà mort de l'autre côté de la porte? Paul respira doucement. Cela ne faisait pas mal, c'était très simple. Il se sentait presque soulagé. Un an, ce n'était ni aujourd'hui, ni demain.

— Oui, un an, j'en ai bien peur, dit le gros homme. Mais voyez mes confrères, peut-être se laissera-t-il soigner...

— Est-il guérissable? dit Simone.

Il n'y eut pas de réponse. Peut-être un haussement d'épaules résigné? Peut-être une moue embarrassée qui signifiait : « Non, plus à présent »?

Les pas de Simone s'éloignèrent vers la

porte d'entrée. Le médecin la suivait pesamment. Paul revint dans son lit.

– Je vous remercie, docteur. Revenez le voir bientôt.

La porte s'ouvrit et ils durent se serrer la main.

– Vous êtes courageuse, dit le médecin après un silence. Vous êtes très courageuse mais il conviendrait de vous faire examiner vous aussi. Et en tout cas de vous éloigner. Pensez à vous.

– Je ne pourrai jamais le quitter, dit Simone. Je ne pourrai jamais.

Elle avait des sanglots dans la voix. Elle jouait la scène avec beaucoup d'émotion.

– Il le faut, dit le médecin. Je vous assure qu'il faut vous éloigner. Sinon...

Un silence.

– Sinon? dit Simone.

– Vous ne serez pas longue à le suivre, dit la voix lente du médecin.

Il revint seul à Araches.

C'était en février. Il faisait froid. Les bois

autour de la maison étaient couverts de neige. De la fenêtre d'une pièce, il pouvait voir le village, au bas du coteau, et de celle du salon, la route entre les montagnes. C'était le seul spectacle qu'il pouvait s'offrir, il ne sortait pas. Il passait des heures à contempler la route. Il éprouvait une sorte d'anxiété, quelquefois, quand une voiture ou un car descendait vers le village, mais le bruit du moteur et des roues lui était agréable.

Bernadette, comme l'année précédente, venait au chalet préparer les repas, faire le ménage et s'assurer que tout allait bien. Elle était peu bavarde, mais Paul trouvait chaque soir une excuse différente pour la retenir : la cheminée tirait mal, il avait égaré son chandail beige, il lui fallait de l'aide pour ranger ses livres.

Il eut l'idée, certains soirs, pour parler à quelqu'un, de faire venir un médecin. Celui qui avait soigné Simone pendant sa grossesse était le plus proche. Mais lui aussi était peu bavard. Finalement, il préféra sa solitude à la frustration des visites éclair.

Pour le reste, il n'était nul besoin de

docteur. Il dépérissait et se voyait dépérir. Il ne supportait plus sa toux. Depuis sa dernière dispute avec Simone, il devait s'étendre pour ne pas étouffer. Trop frileux pour sortir ou seulement trop effrayé à l'idée de tomber en route, il se confinait dans la maison, attendait la nuit tout le jour et trouvait péniblement le sommeil lorsqu'il était au lit.

Il espéra vainement qu'elle lui écrirait. Tant d'années, tant d'années, se disait-il, le ciel, la mer et le silence. On va de l'un à l'autre, on s'accroche à une main et on croit éperdument la garder toujours. Puis, un soir, les années ont passé, les mois, les jours, et il ne reste rien. Il n'y a jamais rien eu. L'amour, la haine ou l'indifférence, le même langage retourné en tous sens et, une nuit, les yeux ouverts dans le noir, on écoute sonner les dernières heures à une horloge muette, on se retrouve comme autrefois, quand on était enfant, dans le silence, et on ne connaît plus de prière, ni les mots qu'on murmurait pour ne pas être seul.

A la fin mars, quand la neige fondit, il se

sentit brusquement plus las. Durant le jour, il ne quittait pas le fauteuil près de la fenêtre et, le soir, Bernadette dut prendre l'habitude de l'aider à se coucher. Elle fit venir un médecin qui l'ausculta, hocha la tête et partit pour ne plus revenir. Il n'avait pas dit grand-chose mais Paul savait tout ce qu'il pouvait dire, c'était du temps de gagné.

Lorsque les premiers bourgeons éclatèrent, il sortit un peu. Il descendait jusqu'à la route. Là, assis à la même place qu'autrefois avec Simone, il regardait s'approcher et s'enfuir les voitures, en pensant à elle, toujours à elle, loin de lui, vivant sa vie, oubliant peu à peu ce qui, un moment, avait pu ressembler à un véritable amour. Que faisait-elle à présent? Il l'imaginait au concert, dans les robes défraîchies de leurs premières rencontres, avec ce satané chapeau qu'elle ne portait plus. Il n'arrivait pas vraiment à la voir. Parfois, c'était le nez, parfois la bouche ou le regard mais un détail lui échappait toujours, il ne lui restait en tête qu'un visage flou, absurde, qu'il écartait puis essayait de reformer en vain.

Elle l'avait quitté sur un quai de gare. Elle n'avait pas parlé, n'avait pas fait un geste lorsque le train avait démarré, elle était restée immobile à le regarder partir. Il n'avait pu s'empêcher de se mettre à la portière, de lever la main. Et lui-même s'était étonné de ce mouvement. Elle n'y avait pas répondu, il l'avait vue rapetisser et rapetisser, toute droite dans son manteau sombre, le visage tendu vers lui, et peut-être, tout bas, avait-elle murmuré un adieu.

Mais ce ne pouvait être un adieu. A sentir renaître en lui, par longues vagues silencieuses, la haine qu'il avait ressentie pour sa mère, il ne cessait plus d'espérer qu'une voiture, un car, passant sur cette route, la ramènerait un soir.

Simone l'avait trop détesté, trop torturé les derniers jours pour oublier sa rancune, barrer sa vie d'un trait, recommencer l'aventure sans lui. Elle se poserait à son tour mille questions sans réponse, elle étouf-ferait dans cet éloignement, se morfondrait de le sentir hors d'atteinte. Elle ne le laisse-rait pas agoniser sans elle, n'oublierait pas

sa drogue, elle reviendrait savourer sa douleur, jour après jour.

Que faisait-elle, Seigneur? Sortait-elle, le
soir, coiffée, pommadée et sereine? Voyait-
elle du monde, une amie, un amant? Si un
autre venait prendre la place qu'il laissait à
la vermine? Non. Chaque mot, chaque
geste d'un autre lui rappellerait trop de
choses pour qu'elle puisse oublier, ou seulement essayer d'oublier.

En pensant à elle, assis au bord de la
route, des larmes de rage lui venaient aux
yeux. Ce soir où elle avait penché son
visage au-dessus du sien, son stupide visage
rongé par le besoin de faire mal à tout prix
et qu'elle avait osé dire : « Et si tu meurs? »
Croyait-elle vraiment pouvoir continuer de
vivre? Il entendait encore son pas, son
souffle près de lui, il retrouvait un à un les
mots qu'elle avait prononcés, de ces pau-
vres mots chargés de toute la détresse, de
toute la rancœur que connaît le monde,
qu'avait connue sa mère, puis lui et elle
enfin. Mais peut-être n'avaient-ils pas pour
Simone le même poids déprimant, la même

force malsaine? Peut-être haussait-elle les épaules en se remémorant leurs disputes?

« Nous n'abandonnons pas notre maison », avait-il dit quand ils avaient quitté Araches.

Mais elle ne reviendrait pas, elle le laisserait pourrir. Son désir de vivre serait plus fort que sa haine. Il ne fallait plus espérer, attendre en vain. Cela aussi était mort. Il valait mieux revenir au chalet, rentrer dans sa coquille, se boucher les oreilles et se laisser emporter par le courant.

Il se refusait d'écrire le premier. A quoi bon? Il connaissait le pouvoir du silence et il n'avait rien à dire qu'elle ne sût déjà. Pouvait-il lui dire qu'il l'aimait et la détestait tout à la fois? Pouvait-il lui dire que durant de longues et désespérantes nuits, il parlait tout haut dans le silence, remuant les souvenirs jusqu'à ne plus les reconnaître?

Pouvait-il lui dire qu'il traînait sa vie en pensant à elle, chaque heure, chaque minute, en espérant qu'elle le suivrait dans sa tombe? Elle devait connaître les mêmes angoisses, se tourmenter dans les mêmes folies, rêver les mêmes rêves, et mourir chaque soir de la même mort.

Il n'écrivit pas mais, peu à peu, il en vint à se persuader qu'elle l'avait fait, qu'une lettre s'était perdue, qu'elle allait revenir.

Il imaginait, en se parlant à lui-même, que Simone montait le sentier. Il l'attendait à la porte de la maison, grand, fort et tranquille, et lorsqu'elle arrivait enfin, son visage était celui qu'il avait connu un soir à Chamonix, dans un petit restaurant désert, et lui il souriait, ouvrait les bras.

Il se torturait, il le savait, dans une tendresse impossible, mais il ne pouvait s'empêcher de répéter indéfiniment la scène, d'en imaginer chaque détail, en prononçant chaque mot.

A d'autres moments, il se souvenait, falsifiait les souvenirs. Elle n'avait pas eu l'avantage, elle ne l'aurait jamais. Elle ne pouvait rien contre lui, il ne cédait pas, elle se traînait à ses pieds. Dieu qu'elle était minable!

Amaigri, ses jambes le supportant à peine, il se promenait à pas lents d'une pièce à l'autre, il continuait son colloque avec l'ombre, Singapour, les îles, les récifs de corail, cela faisait si longtemps qu'il pouvait y penser sans amertume, et même y croire, pourquoi pas? L'enfant, l'enfant sans père retrouvait une nouvelle fois les maisons vides, sentait peser sur lui un regard, une main.

Et si malgré tout, pour une fois, quelque chose était vrai dans ce qu'il imaginait, si elle allait revenir?

Elle revint un soir doux de printemps, serrée dans son manteau sombre, quand tous les arbres étaient en fleurs.

Il reçut un télégramme le matin.

« Je n'en peux plus, disait-elle. Je serai là ce soir. »

Il fut un long moment, après avoir lu, incapable d'une pensée, comme abruti. Il dut s'asseoir. Sa poitrine brûlait, le flux de son sang criait dans ses oreilles. Il se dit qu'elle revenait pour mourir avec lui. Il attendit tout le jour, assis devant la porte du chalet, la tête vide.

Quand la nuit vint, une frayeur le saisit : si elle n'avait envoyé ce télégramme que pour le faire attendre et l'abattre davantage? Mais ce n'était pas possible. Il avait trop espéré, trop souffert et elle était trop simple pour de tels détours.

Il resta sur le seuil de la maison longtemps encore, les yeux clos, puis il eut froid. Il alla prendre une veste dans sa chambre. C'est en enfilant la veste qu'il entendit une voiture dévaler la route et s'arrêter en bas du chemin d'accès. Il courut à la porte, vit des phares dans la nuit, essaya d'apercevoir Simone. Il faisait trop sombre. La voiture fit demi-tour et repartit. Il tendait l'oreille. Il perçut un bruit de pas sur les pierres, des pas tranquilles qui approchaient.

Elle apparut soudain dans l'allée, une valise à bout de bras, et il se déplaça pour être en pleine lumière. Encore quelques pas et elle fut devant lui, visage muet, les traits tirés. Elle posa sa valise et, plusieurs secondes, ils se regardèrent sans un mot. Elle avait l'air fatigué, comme chiffonné par sa longue journée dans les trains, et plus vieille aussi. Ses yeux avaient perdu tout éclat. Il

attendait qu'elle parle, il avait la gorge
sèche. Mais elle se taisait.

– Tu es revenue? dit-il.

Comme si cela ne se voyait pas.

– Pourquoi?

Elle haussa une épaule avec lassitude et
détourna le regard.

– Je ne sais pas, dit-elle. Le télégramme
te l'expliquait.

– Oui, dit-il, oui.

Il avait envie de la toucher, de lui prendre la main. Il n'osait pas, il n'oserait
plus.

– Je peux rentrer? dit-elle en le regardant de nouveau.

Il la laissa passer avec sa valise et entra
derrière elle. Elle posa la valise à plat sur
une table, se tourna vers lui. Avec un léger
sourire, elle balança la tête, comme pour se
moquer d'elle-même, ou de lui, ou de tous
les deux.

– Cela te surprend? dit-elle.

– Non. Je n'ai fait que t'attendre.

Elle baissa la tête.

– Tu ne vas pas mieux?

– Non. Tu n'aurais peut-être pas dû revenir.

Elle le regarda. A nouveau, il lui vit ce sourire sans chaleur.

– Pourquoi? dit-elle.

– Tu as entendu ce docteur de merde.

– Qu'est-ce que ça peut faire?

– Je ne sais pas, dit-il. Je ne sais pas du tout.

Elle ouvrit sa valise, sortit son linge. Elle posait tout bien en ordre sur la table. Quand la valise fut vide, elle la referma et la posa sur le parquet. Il sentait qu'elle ne s'approcherait pas de lui, qu'elle ne s'approcherait plus.

– Ça m'est égal, dit-elle. Tout vaut mieux que ce que j'ai vécu ces dernières semaines.

Elle le regarda encore. Il la vit toute droite devant lui, le visage figé dans une ironie triste.

– Tu n'as pas peur? dit-il. On tousse, on tousse et on crève, c'est comme ça que ça se passe.

– Je sais.

– C'est ce qui t'arrivera aussi.

Elle eut juste un mouvement d'épaule, mais il sut avant même qu'elle ouvre la bouche ce qu'elle allait répondre.

– Ne te chagrine pas pour moi, dit-elle.

Puis elle ôta son manteau, le posa sur le dossier d'une chaise et prit son linge dans ses bras. Il la vit s'éloigner vers une chambre, à l'opposé de celle qui avait été la leur. En ouvrant la porte, elle dit, sans le regarder :

– Je vais m'installer là, si tu veux bien.

Longtemps il l'écouta aller et venir dans la pièce refermée. Un instant – ce fut très bref –, il imagina qu'il allait la rejoindre et qu'il l'étreignait comme autrefois. Mais c'était autrefois, et rien n'était à recommencer.

Le front appuyé à la vitre d'une fenêtre, il ne se retourna pas lorsqu'elle revint. Il ne voulait pas lui montrer son visage. Il s'efforçait de concentrer son attention sur un faisceau de lumière qui avançait sur la route et balayait les arbres, de percevoir les bruits d'un moteur et de la nuit. Il s'efforçait d'oublier que les années étaient mortes, que tous les printemps étaient perdus.

Mais qui le peut?

DU MÊME AUTEUR

Impression Brodard et Taupin
à La Flèche (Sarthe),
le 17 octobre 1989.
Dépôt légal : octobre 1989.
Numéro d'imprimeur : 1136B-5.

ISBN 2-07-038179-X / Imprimé en France.
(Précédemment publié aux Éditions Denoël.
ISBN 2-207-23388-X).